概念革命

la révolution conceptuelle

岩切弥生

壮大なるシナリオのはじまり

子どもが生まれる前、私は「子どもが生まれたら自由はなくなる」と、信じていた。

21年前に娘が生まれたとき、信じていたことが現実になった。

自由はすっかりなくなって、私は「鬱」になった。


摂食障害や買い物依存、どうしようもない生きづらさを抱えながらもなんとか生き延びて、息子の芭旺《ばお》が生まれ、2度の離婚、パートナーとの死別も経験した。


けれど、その経験のおかげで、私はいらない荷物を捨てることができた。

「なにか違う気がする」という小さな違和感が芽生えるたびに、それをひとつずつ手放していくことができたのだ。

今では娘は成人し、自由を謳歌して生きている。

9歳で学校に行かない選択をした芭旺は「好きな人から学ぶ」と言って著名な方々に会いに行き、日々多くを学んだ。

そして、自らの意志と行動で道を切り拓き出版した『見てる、知ってる、考えてる』（サンマーク出版）は、日本では累計17万部を突破し、現在世界7カ国で出版される世界的ベストセラーとなっている。

そんな子どもたちとの日々の中で、いつの頃からか私の前提は、「子どもが生まれたから、私は本当の意味で自由になった」へと変わった。

そして、もう少しの時を経て私は、実は「子ども」という主語は「私」だったのだということに気づいていく。

「私は生まれた時から自由」

それは奪ったり、誰かからもらったりするのではなく、最初からずっとあったし、これからもあり続けるもの。

ある時、もうずいぶん大きくなった2人の子どもたちに、私はこんなメッセージを伝えた。

「あなたは私の何かを投影したり
私を喜ばせるために生まれてきたわけではない。
あなたはあなたの中から生まれる情熱に夢中になって、
あなた自身を喜ばせるために生まれてきた。
私はあなたが大好きだから
私から離れ、あなたの人生を謳歌して欲しい」

そう、このあふれるような想いは、本当は自分の中にいる小さな子どもへの、強いメッセージだったのだ。

私は長い間、「子育て以上に大切な仕事はない」、そう思って、子どもたちとの時間を何より大切にしてきた。
でも、それは違っていた。

そう思い、大切に育ててきたのは、実は自分自身。

「私は生まれた時から自由」

これまでのすべてのことは、子どもたちから学ぶことでこのシンプルな事実を思い出すという、私が私のためだけに書いた「概念革命」という壮大なるシナリオだったのだ。

この本の中で私は、私がそのことに気づくまでの道のりを、嘘のない体験を、時間軸に囚われることなくありのままに綴ってみようと思う。

私の言葉の中に、あなただけのシナリオを創るために必要なワードがあることを祈りつつ、一幕の舞台のはじまりのベルを鳴らそう。

contents

第2章◉母親という名のクリエイター

第3章◉闇の底へ

第1章

革命前夜

これ以上なにを

この寝顔や
この布団からはみ出た足に
これ以上なにを望むというのだ

この笑い声や
この命に
これ以上何を望むというのだ

思ったじゃないか
はじめてこの目にうつる我が子を見て
思ったじゃないか
初めてこの手に抱いた時に
生まれてきてくれてありがとう

それでいいじゃないか
これ以上何を望むというのだ
こんなにも素晴らしい世界を見せてくれる
子どもたちには
ありがとうしか贈れない

突然「母親」になる

娘が生まれた時、私は突然「母親」になった。

トツキトオカの準備期間があったとはいえ、何も知らぬまま何も知らぬママになった。2時間おきに授乳しながら、料理と洗濯と掃除に明け暮れた。

いい母になりたかった。

いい妻でいたかった。

抱っこしていないと寝てくれない日々に、体はこわばり、思考は止まり、私はただの乳牛になった。

子どもの泣き声が私を責め立てているように聞こえて、どうしようもなく怖かった。ダメなお母さん、そんなふうに烙印を押されてしまうことを恐れていた。

ごめんね、ごめんね、こんなお母さんでごめんなさい。

どうしようもなくなって実家に助けを求めると、母や父は口を揃えて「昔はもっと大変だった」と言う。

そうだ、妊娠していた時からそうだった。酷いつわりで苦しんでいると、「妊娠は病気じゃない。近頃の人たちは甘えている」と繰り返された。

言葉は私の中で呪いとなって、いつしかつわりの苦しみ以上に私を責め立てるようになった。

そういえば、「いのちの電話」に助けを求めたこともあった。

「頑張ってね」という一言を聞いて、私は話すことを止めて電話を切った。

あの頃のことを思い出すといつも思う。

今私はなぜここで生きていられているのだろうと。

物理的には子どもたちの父親、離婚した元夫のおかげ、それだけは分かる。

妊娠が分かってからほどなくして、私たちは北九州に引越した。友達どころか、知っている人さえ誰もいない地での妊娠生活はひどいものだった。


つわりがひどく、ほとんど家で寝て過ごしたのは確かなのだけれど、私はいったい何を食べて生きていたのだろう……。

思い出せることといえば、当時通っていた産婦人科の雰囲気、住んでいた部屋の間取り、それからクリーニングに出したきり戻ってこなかったお気に入りのベージュのニットパンツ……それくらいだ。

そんな状態から、私は突然「母親」になったのだ。


娘が生まれてから、しばらくは実家で過ごした。

実家には全盲の父がいて、彼の一日は音の鳴るゼンマイ仕掛けの時計とともにある。

毎時時計は鳴り続け、目の見えない父親は声をかけることで他人の所在を確認する。

明暗のわからない父にとって時計は世界の指針、灯台なのだ。

私の中には、良い母親は赤ん坊を母乳で育てるものだという「おっぱい神話」があって、2、3時間おきの授乳は絶対だった。

それに加えて、父の灯台である時計の単調で乾いた音の繰り返しが、まるで呪いのように私から安らかな眠りを奪った。

「弥生、大丈夫か?」「弥生、赤ちゃんが泣いてるぞ」そんな父からの呼びかけは、間違いなく愛によるものだった。

けれどその頃の私には、その声が私からすべてを奪っていくように感じて、どんどん父を嫌いになっていった。

母親が幸せなのが一番

愛によるものと言えば、私の元夫、子どもたちの父親からも、私はいつもあふれんばかりの愛を贈られていた。

彼は医師として、常に「死」と隣り合わせで生きている。どんな時も、「死」を意識して自分の在り方を考え、実行しているのだと思う。

彼は英語の文献ばかりを読んでいた。家にある本も洋書ばかり、きっと日本語の本は彼にとって必要なものではなかったのだろう。

「日本語訳になった時点で それは翻訳した人の本だと思う」などと、その頃の私にはさっぱり理解できないことを話す人だった。

結婚当初から、何を話してもどんな相談をしても「あなたはどうしたい?」と問われ続けた。

きっと私の思いを最優先しようとしてくれていたのだけれど、当時の私にそんなことが理解できるはずもなく、人の気持ちの分からない、思いやりのない人だと憤ってばかりいた。

そんな彼が、娘が生まれた時こう言った。

「母親が幸せなのが一番です」

彼は私の考えややりたい事を最優先してくれ、家政婦さんやベビーシッターさんにお手伝いをお願いする事も快諾してくれた。

私は家事が嫌いだからやらない。
私は楽しいことだけしていたい。
それがいともあっさり実現した。

それなのに、私ときたら天邪鬼もいいところで、まったく幸せが感じられないでいた。

ずっと「罪悪感」がつきまとうのだ。

行きたい所にはすぐに行ける。買いたい物は買える。遊びたい時には家族やベビーシッターが子どもを預かってくれる。家族旅行だってベビーシッター同行で行ける。

この恵まれすぎた環境に「罪悪感」、良い母になろうとして頑張っては空回りするばかりのダメな自分に「罪悪感」、そしてこんなに恵まれているのに、もっともっとと考える欲張りな自分に「罪悪感」だった。

楽しい時、充実している時もあるのだけれどそんな時間は束の間で、あっという間に逆戻り。いつしか私は、彼と一緒にいることが苦しくなっていった。

彼にこんなにしてもらっているのだから、「頑張らなければ！」「素敵な私でいなければ！」そう思っていた。そんなものはすべて、ただの思い込みなのに、その頃の私にはそれが分からなかった。

彼の海のように広く深い愛の中で、わがままな自分へと生まれ変わるチャンスをもらったのに、私はその海に溺れてしまっていたのかもしれない。

離れてしまった今でも、彼は「母親が幸せなのが一番です」と言って、子どもたちだけではなく、私のことも応援し続けてくれている。

彼と出会えてよかったと、心から思う

わがままに遊ぶ

（21歳の娘に送ったＬＩＮＥ）

お互いに自分にウソをつかずに進めば大丈夫
どうなったら最高？
自分のことを置き去りにせずに
2人ともわがままに生きれば
2人ともハッピーにしかならないから！
イヤなことは絶対にやっちゃダメ

遊んで遊んで、もっと遊んで
遊んで遊んで、それが仕事になるくらい
自分を面白がりながら
世界を面白がりながら
2人でわがままに遊びまくれば
最強にステキな仕事ができると思うよ！

やりたい！を楽しむ1日

もう18年以上前、娘が3歳になる誕生日のこと。

娘と私のお気に入りの温泉のある、お気に入りの部屋を予約して、「ちょっと待ってね」「あとでね！」を言わない1日を、プレゼントした。

誕生日の朝「おはよう！」と共にホテルへ移動して、娘と二人で娘のやりたい！を1日めいいっぱい楽しむ。

洗濯も、掃除も、料理も、何もかもすべて放棄。

のんびりニコニコして、娘の食べたい物を食べ、娘の行きたい所へ行き、娘のやりたいことだけをやる1日。

そう言えば、おばあちゃんに「ウルトラマンティガの大きいソフビの人形が欲しい！」と誕生日プレゼントをリクエストしたこともあった。

「ティガって何よ?」「ソフビって何なの?」と大の大人たちを悩ませ、探しに走り回らせたのだった。

たくさんの人に愛されていることを、娘はちゃんと知っている。

そして、その愛を何の迷いも疑いもなく、一身に受け止めている。

今思えば、私はそんな彼女に救われた。

自分の「大好き」に一直線に生きて楽しむ彼女が本当に嬉しくて、生まれてきてくれたことに感謝しかないとあらためて思う。

「だから何？」という話

娘が通っていた幼稚園は、お金持ちが通うことで有名な園だった。通園の時間帯ともなれば園の前には高級輸入車がズラリと並び……、幼稚園近くに送迎用の駐車場借りている人もいた。お手伝いさんが送迎をされていたり、中には運転手付きの車で送迎されているお友達までいるほどだった。

ある時、子どものお誕生日会を禁止するという連絡があったのだけれど、その理由はどんどん派手になっていくからというもの。

習い事を一日に2つ3つハシゴするというのはごく普通のこと。高級ブランドファッションに身を包み、ピンヒールなんていう出で立ちのママが子どものマネージャー兼運転手役なんていうのも、ありがちな話だった。

「お受験」が絡んでくると、小さなことにもピリピリギスギスムードだったし、そうそう、ドラマのような「ボスママ」もいた！

いろんな感想、いろんな感情を持たれるだろうと思うし、私もいろんなことを感じたけれど、それって結局、「だから何？」という話。

それぞれに今大事にしたいこと、今大事にしたいものを大事にしているだけ。

いろんな人がいて、いろんなやり方があって、ただそれだけのことなのだと思う。

高級な車やファッションなんていうのは、言ってしまえばただの趣味だし、習い事の送迎だってやりたいからやるのだろうし……。

そして、そんな中にいたからこそ、私は自分が大切なことだけを大切にして、心地よく過ごすことができた。

やろうと思えばなんでもできるということは、やることは全部自分で決めなければならないということ。

どんなことも、自分の頭と心と身体でひとつひとつ決めていく。

少なくとも私の中には、「当たり前」とか「普通は」というような発想はまったくなかった。
いろんなママがいたけれど、自分を自分で生きていると、ちゃんとそんなママ友ができて、
私はのびのび楽しく生活することができた。

名前をつけるということ

名前は両親からのプレゼントである、というのは少し違うように私は思う。たとえ意識せずとも、母と子のつながりの中で、自分自身の課題を分かりやすいかたちで刻んでいるもの。名前は親から子どもたちへのプレゼントではなく、逆に子どもたちから親への無条件に許可されたギフトなのだと感じる。

2人目の妊娠が分かり、6カ月の産婦人科受診で男の子だと分かった。

私「お腹の中の赤ちゃんは男の子だって」
娘「ばおがいい」
私「ん？赤ちゃんの名前？」
娘「うん」
私「いいね！」

娘「象が浮かんだの。それでね、その象が鳴いたの」
私「うんうん」
娘「ぱおーん、ぱおーん、ぱおー、だから『ばお』」
私「なるほど！じゃあ、名前は『ばお』にしよう」

そんなふうに「ばお」という名前は決まった。意味なんて必要ない、なんてすばらしい名前だろうと思った。

娘には、私が独身の頃から「子どもが生まれたらこの名前」と心に決めていた名前を付けた。きっと私は、娘がお腹に宿る前から彼女の母親になることを決めていたのだと思う。

娘の名前を感じるだけで、娘にも、そして私にも、ただ生きているだけで深く広い愛が備わっているのだということを思い出すことができるのだ。

私はどちらも同じように尊い名前だと感じている。

そして、今の私は「意味は必要ない」「ただやるだけ」という課題を楽しみながら生きている。

「芭旺」という、その名前を感じるだけで、その課題が間違いなく自分のものであることが分かるのだ。

幸せな不良母

芭旺は私にとことん優しい。

それは、彼がお腹にいる時からだった。

少しでも無理をすると「出血」そして「つわり」いうかたちで、私を強制的に休ませてくれた。

当時暮らしていた福岡で震度6の大きな地震があった時もそう。謎の高熱と「出血」で私を病院に入院させてくれていた。

そのおかげで、娘は父親と実家でのんびり過ごしていたし、地震の直後に看護師さんがすぐに駆けつけてくださったので、私も何の心配もせずに過ごすことができた。

少し動くと出血するので、家事は全てお手伝いさんにお願いした。娘の幼稚園の送り迎えはベビーシッターさんにしていただいて、私は家でただただのんびり過ごした。私は私の気分とご機嫌を最優先できる、とても幸せな妊婦生活を送った。

芭旺の出産の時には、私は「不良母」と化した。

娘の時は普通分娩で、まさに鼻からスイカが出てくるほどの痛みを味わった。あんな思いは絶対にしたくなかったから、芭旺の出産は完全無痛分娩を希望して、すこしの痛みでもすぐに病院に向かった。

そのたびに「まだ陣痛は遠いですね」「まだいい陣痛はついていないですね」「まだまだ痛みの感覚が遠いですね」ということで、結局私は6回家に戻された。今思えば完全な「イタイイタイ詐欺」「生まれます先生詐欺」だった（笑）。

7度目の正直でようやく陣痛がやってきて、硬膜外麻酔下で子宮口が全開になった私は、分娩室に入り助産師さん、ドクターと経過を観察した。

生理痛程度の痛みでも「痛い痛い！」と騒ぎ、何度も麻酔の追加をお願いして膝も立たないほどの状態で、笑いながら芭旺を出産した。

無痛分娩は体力の消耗が少ないので、私は全てにおいて冷静でいることができた。「私はこの出産で何を感じるのだろう？何を思うのだろう？」、私はそこにとても興味があって、そんな自分の観察に夢中になっていたせいで、芭旺の父親への出産報告は事後報告になってしまった。

芭旺が生まれてからも、私の不良母ぶりは変わらなかった。

「この用紙におしっこの数をつけてくださいね」「この用紙にウンチの数をつけてくださいね」「おっぱいの前に体重を測ってくださいね」「おっぱいをあげたら体重を測ってくださいね」……。良い母親になろうとして、娘が生まれた時には必死になってやっていたすべてをスルリとかわし、「困ったお母さん」になった。

見てください、こんなにゴキゲンですよ。

見てください、こんなに顔色がいいですよ。

見てください、ほら、こんなに幸せそう。


そんなことを笑いながら看護師さんに伝える、幸せな不良母だった。

きっと私には分からないたくさんの「それを必要とする理由」があるのだと思う。でも、私はやりたくないと思ったのでやらなかった。


毎日毎日、ただただ頭を撫でて、小さな手を眺め、ふわふわの脚をさすって、二人でのんびりゴロゴロしていた。

「この子はこの手で何をつかむのだろう」

「この子はこの目に何を映すのだろう」

「この子はこの脚でどこへ向かうのだろう」

「この子はこの耳で何を聞くのだろう」

私にとっては、彼のどんな一瞬も見逃さずにいて、そんなことを考えることのほうが、ずっと大切で、ずっと幸せなことだったのだ。

第2章

母親という名のクリエイター

母は世界

母たちよ
褒めるというようなことこそが
子どもたちにとって一番の障害となる

熱狂、それだけが
その子の進む道

邪魔をするな
子どもたちにとって「母は世界」なのだから

世界はただ平和であればいい
世界はただ笑っていればいい

子どもたちのジャマをしない

もともと子どもたちは、小さな頃からやりたいことをすぐに見つけ、すぐに出来ている存在なのだと思う。

それが出来なくなるのは、大人が止めてジャマをしているから。

親は子どもがうんと小さな時から「好き」を奪い続けている。

たとえば、ティッシュがそこにあったら、たいていの子どもはずっと出し続けるだろう。

芭旺もティッシュを出し続ける子どもだったのだけれど、「これが好きなんだな、夢中になれるんだな、面白いなあ」と思って、家族の誰も止めることはなかった。

多くの大人が「やめて！」「ダメ！」などと言うけれど、なぜダメなのか、なぜイヤなのか、ティッシュを出すことに夢中になっている時期の子どもにはわからない。

「好きなことをやって生きてほしい」と望みつつ、「ティッシュを出すのはやめて」というのは矛盾していないか。
部屋が片付いているほうが良い、物を無駄にするのは良くないというのは、大人の都合。もし本当に触ってほしくないのであれば、手の届かないところに置けばいいだけなのだ。

こんなふうに、大人の都合で夢中になっていることを止められ続けていると、やがて子どもたちは自分は何が好きなのかわからなくなってしまう。

いつだったか「今はご飯の時間」などといった時でも、止めずに続けさせるのですか？と問われたのだけれど、私はそんな時には、「お先にいただいています。食べたくなったら食べてくださいね」と子どもたちに伝えていた。
夢中になっていることを止めてしまうことに比べれば、食事の時間がずれるくらい大した問題ではないだろう。それを我慢させて共にする食事の時間が、楽しい団らんになるとは私には思えない。

夢中になっていることをジャマしなければ、当然だが子どもたちは続けるというような
ことを意識することもなくやり続け、私たち大人の想像をはるかに超えていく。

大人はよく子どもにアドバイスをしたり褒めたりするけれど、作為的なものであれば
あるほど、それらも子どもたちをジャマしていることになると捉えている。

尊敬している方に「よくやったね、すごいね！」と褒めたりしないのと同じように、私は子どもたちのことも褒めたりはしない。

「子育て」では「導く」という言葉がよく使われるけれど、「導く」というのはゴールを決めているということ。

子どもの生きる未来が、私たちの想像できる範囲のはずがない。

子どもたちは今この瞬間も、私たちが想像できるような範囲の中でなど生きてはいない。

彼らはいつだって大人の想像をはるかに超えているし、超えていけばいいと心から思う。


コントロールしようとする、意図のある言葉など必要ない。私はこれからも、子どもたちに「感想」、そして「感動」を伝えていく。

「まじか」「すごっ」「やばっ」「すげー」、そんな歓喜の声は意図なくあふれ出るものなのだ。

子どもたちよ、あなたたちの未来を知らない大人たちの、アドバイスという名のコントロールに惑わされてはいけない。

あなたたちはそのままで飛び切り面白いのだ。

小さな巨人たちよ

小さな巨人たちよ
大人と呼ばれる人たちに遠慮することはない

どんなことが出来てもいいし
どんなことを分かってもいい

もちろん
出来なくてもいいし
分からなくてもいい

彼らはよく見ている
よく知っているし、考えている
大人たちが見て知って考えていたような
ちっぽけな世界を
彼らに教えるなどというのは
失礼極まりない話

小さな巨人たちよ
あなたたちが創る未来はきっとすばらしい！

小さな巨人たちよ
今、自分に見えている世界を信じて
そのまま突き進んでいけ！

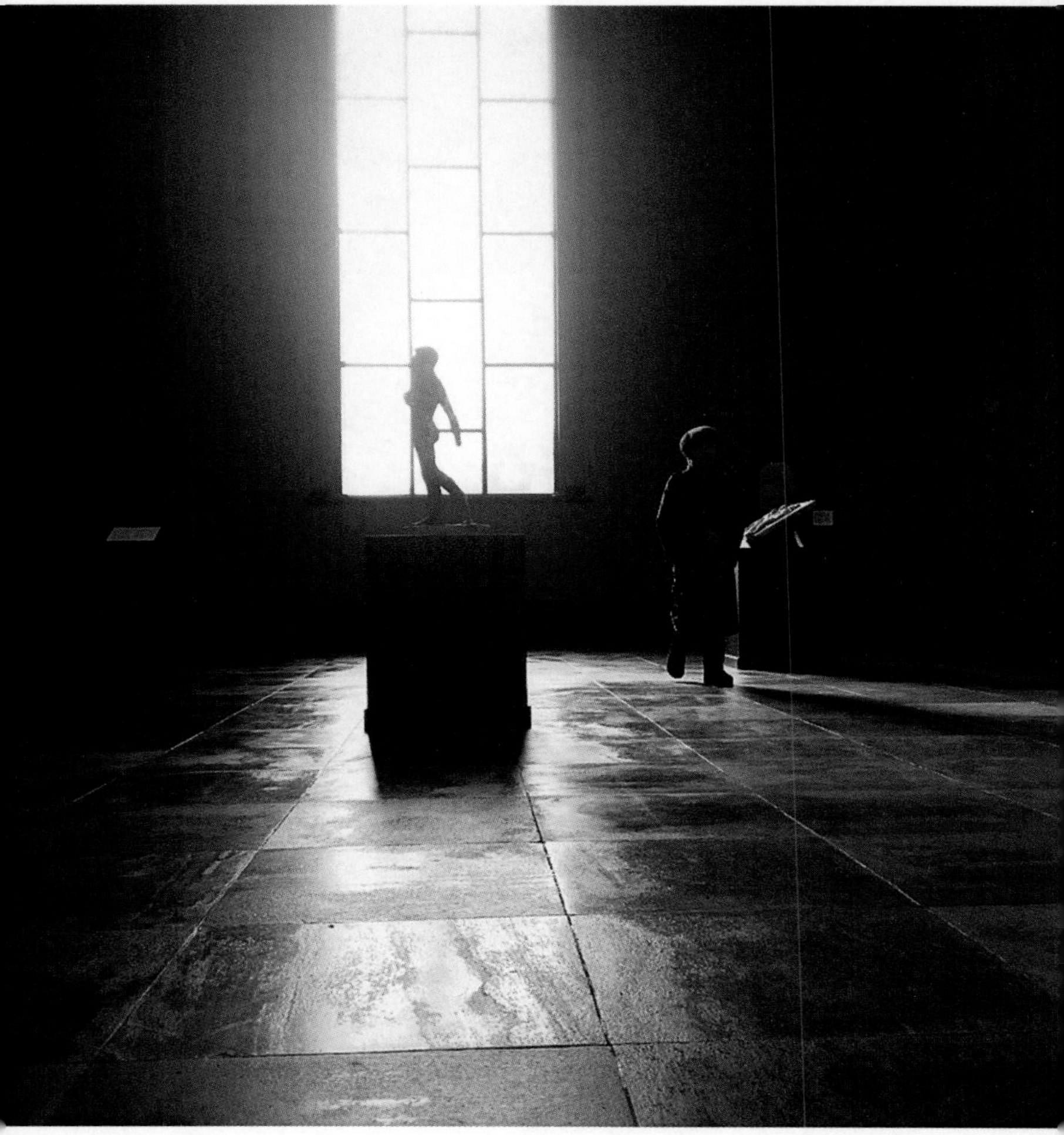

ハマル、ハマル、ハマル

夢中になって
パソコンで何かを作っている芭旺を見ていて
ふと昔のことが思い出された

芭旺は生まれてしばらくした頃
「スクワット」のリズムにハマった
なかなか寝ない赤ちゃん期
抱っこ、しかもスクワットのリズムでしか寝なくなった
これには大人もお手上げで
体育会系のベビーシッターさんが大活躍した

「乾電池」と「牛乳」にハマった
毎日毎日、夜になると
仕事から帰ってきた父親とコンビニに行き
乾電池、たまに牛乳を買って帰り路で寝落ちした

つかまり立ちができるようになった頃
「本」にハマった
本棚にある本を片っ端から引っ張り出し
開いて閉じて
渡して返して
破って食べた

「小麦粉」にハマった
小麦粉を1キロ
よちよち歩きでキッチンから持ち出し
リビングにぶちまけた
よく見てみると
爪でフローリングの目地に小麦粉をしっかりと詰めていた

この時、私はなぜか
そうか！この人はこれをやりたくて

私のところに生まれてきたのだと
そう確信した

すこし言葉が分かるようになると
また「本」にハマった
読み聞かせをせがまれたのは「辞書」
大人たちは「あ」から順に永遠に続く単調を味わった

「メジャー」にハマった
1日中メジャーを持ち歩いた
お姉ちゃんの小学校の運動会に行き
中庭にあるいろいろなものを1日中測ってまわった

「コピー機」にハマった
お姉ちゃんの時間割表を
毎日毎日、何百枚もコピーした

「呼び出し」にハマった
医師である父親の、病院からの緊急呼び出しの電話が鳴ると
深夜でも早朝でも父親より先に準備をして
病院について行っていた
自分も仕事をしていると思っていたのかもしれない

ああ、そういえば
父親が病院で仕事をしている間
芭旺は控え室でパソコンを触って待っていた

思い出した……
芭旺のパソコンデビューは3歳だ

あの頃も
あの頃からもう10年以上がたった今も

彼がパソコンで何をして
何に夢中になっているのか
私にはサッパリ分からない

ただ、分かるのは
彼は今日も、面白くて楽しそうだということ

夢中になって「ドット」を打つ

芭旺は夢中になるということに対して一切の躊躇がない。没頭すると、凄まじい集中力や行動力を発揮する。

3歳の頃、幼稚園の先生から、「芭旺くんだけが、時間がきても園庭からお部屋に入らないことがあるんですよ」と連絡があった。お部屋に誘うと、「僕はこれがやりたいんだ。邪魔をしないで！」と言うらしい。きっと、幼稚園の園庭にもハマる何かがあったのだろう。

私は嬉しかった。

すごいなあと思った。

そして、先生に「芭旺にとって幼稚園は安心できる場所であり、先生はとても信頼できる存在なのだということが分かりました。本当にありがとうございます」とお礼を伝えた。

小学校に入ってから芭旺がハマったのは「数字」。

自分で塾に行くことを決め、数カ所の塾を掛け持ちして、朝行ったら夜にならないと帰ってこないくらい、算数にハマった。

私は塾にかかる費用を芭旺に伝えて、月毎にどんな学び方をしたいのか芭旺の考えを聞くようにしていた。

ある月には、先生のパソコンの中から自分がやりたい問題を選んで、それを自分でプリントアウトして解いていく。

1年生のうちに6年生の算数の問題を解くこともあったらしい。

何よりそのやり方自体、こうやりたいと先生にリクエストしてやらせてもらっていたようだ。

またある月には、塾には行かずに塾代分の本を買ってきて、自宅で読むというやり方を選ぶ月もあった。

同じ頃、「カードゲーム」にもハマった。

行きのバス代100円、帰りのバス代100円、カードゲーム代100円を握りしめた小学1年生の芭旺は、バス代もカードゲームに使おうと、スーパーへの往復80分、真冬の道を一人で歩ききった。

そしてもうひとつハマったのが「ネットのゲーム」。

起きてから寝るまで一日中ゲームをしている生活は4年ほど続いた。

彼はゲームの課金をしたいと思った。思うだけではなく、本当にコッソリ課金をしてしまい、36万円の請求がきたりもしたのだが、実はこの「ゲームの課金をしたい」という想いこそが、芭旺の本が誕生する火種なのである。

ところが、本を書いた後、彼がゲームの課金をすることはなくなった。

何も言わずにいたら、ある時自分から「消費するだけの人生は嫌だ。もう飽きた」「僕も何かを生み出したい」と言い出したのだ。

私は「夢中になって遊べばいい。仕事になるまで遊べばいい」と思っているので、「好きなことでも飽きるんだ！」という新しい発見があり、面白いと感じた。

子どもたちは好きなことを飽きるまでやった結果、ゲームを止めるのか、ゲームを作る人になるのか、それとも思いもよらないことをするのか、いずれにしても自分の道は自分で決められるのだと思う。

やっぱり大人はジャマをしていると感じる。

ちなみに、ゲームに飽きた芭旺は「ゲーム脳」について考えるようになり、脳科学者の茂木健一郎さんにゲーム脳は本当にあるのかを聞きに行った。会えたことが嬉しくて、本題を聞かずに帰ってきてしまったけれど（笑）。

でも、芭旺の中で「ゲーム脳」というのは、歩いているだけでワクワクする、すごく楽しいものなのではないか、という結論が出ているようだ。

すべてのことは、意味のない「今」という「ドット」に過ぎない。けれど、そのドットが次々と集まり重なり繋がって、やがて意味を成し、世界を創っていくのだ。

「今」という「ドット」を夢中になって打ち続けることこそが、自分という枠を超えていくこと、世界が広がるということなのだと、私は小さな芭旺から教わった。

子どもたちはすごい

子どもを自分の所有物のように扱うなんて
お話にもならないこと

子どもは自分よりできない存在だとか
教えてあげなければならない存在だとか
少しでもそんなふうに思う部分があるのなら
それは、頭の中のいらない荷物
そんな荷物は今すぐに捨てたほうがいい

子どもたちはすごい

理由なんていう意味のないものを持たなくとも
自信なんていうつまらないものを持たなくとも
「やりたい」という
自分の情熱に身をまかせて
そのままで夢中になることができる

そして
その瞬間その瞬間の体験に言葉を与え
自分の経験とし、ズンズン進んで行く

そばにいる大人たちは
それを面白がっていればいい

面白がらなければならないのではなくて
本当に面白いのだ

面白がらなければならない
邪魔をしてはならない
そんなふうに思ってしまうなら
もしかするとそれは
自分の中の子どもが
夢中になって生きられていないのかもしれない

自分を生きること

本当に自分を生きている人間は
何かをやりたいと思ったなら
そこには理由も自信も必要はなく
ただ「やればいい」のだということが分かっている

もしもそうでないのなら
子どもたちから学べばいい

子どもたちはそのことを
体を張って教えてくれているのだから

「学校に行かない」という選択

大人たちは子どもたちの全てに対して、責任を取りすぎているのではないだろうか？誰もが自分の人生を生きるために生まれてきているのだ。私たちが何者にも邪魔されたくないと思うのであれば、彼らの邪魔だってしてはいけないはずだ。

小学3年生、9歳の芭旺から「学校に行かない」という宣言を受けたとき、私の口から出てきたのは、「よく言えたね」という言葉だった。

母親に心配や迷惑をかけたくないと思う子どもはとても多い。母親に正直な気持ちを伝えられるのは、すごいことだと感じた。そしてそれと同時に、私を信頼して気持ちを伝えてくれた芭旺に感謝があふれた。

芭旺の人生の選択は芭旺自身がすればいいと思う。

「学校の先生は本に書いてある事を教える。もしかしたらそれは事実ではないかもしれない。僕は事実を学びたい」彼はそう言った。

時間割で区切られている小学校のシステムは、芭旺には合わないだろうと思っていた。それに、いじめに遭っていることにも気づいていた。

小さい頃から夢中になると没頭するタイプだったので、わざわざ小学校に行かなくても家で何かに夢中になるほうが、きっと芭旺も面白く過ごせるだろう。

もちろん私は、彼の選択を受け入れた。

ただ、この時私は、世間から「子育てに失敗したダメな母親だ」と思われるのではないかという不安を感じていた。

これは私の問題で、芭旺が「学校に行かなくてもいい」と自分に許可を出したように、「ダメな母親だと思われてもいい」と自分に許可を出すことが、その時の私の選択だったのだ。

学校に行かなくなってからの2年半、芭旺は「好きな人から学ぶ」をモットーに自宅学習に切り替え、本を読んでは感銘を受けた著者のセミナーを自ら探し一人で参加してきた。そして10歳の時に本を出版することになるのだが、それも自ら出版社にコンタクトをとって実現したことだ。

芭旺は、興味を持ったことはすぐにインターネットと自分の脳を繋げ理解を深めていた。その上で私に疑問を投げかけてきた時には、その分野に明るい方の名前を伝え、その方のコラムや書籍等を芭旺に手渡すことはしていた。彼はそれを自分で吟味し、会いたいと思えば会える方法をインターネットで自ら調べて、自分で申し込み、直接会いに行って学んでいた。

水飲み場に連れて行くのではなく、水飲み場のありそうな方向を示す、私がやっていたのはそれだけ。

子どもの考えをジャマせず、ジャッジせずにいると、自分が生きていきたいと思う世界で生きていく力を、きちんと自らつけていくのだと思う。

想いを言葉で伝える

私は子どもの望みを尊重する、いわゆる「良き母」ではない。

私が大切にしてきたのは、ただ彼らのジャマをしないということだけ。

「あなたの好きなように生きていいんだよ」という言葉は、親がそう在ることではじめてリアリティをもって伝わる。

私も自分の欲求に正直に、やりたいことをやるという生き方で生きていく。遊びたいときに遊び、休みたいときに休む。

私は子どもの気持ちを「汲み取る」なんていうことはしない。

いや、私は超能力者ではないのだから、そんなことはできないのだ。

希望していることがあるのなら「言葉で伝えてください」と伝えている。

そして同じように、私も自分の希望をきちんと言葉にする。

私は子どもたちに何かをやめてほしい時、「それは私は嫌です」と伝える。

それをやることがダメなのではなく、「私が嫌だ」ということを伝えるのだ。

同時にこれは「あなたが嫌なことは嫌と言っていいよ」というメッセージにも繋がっているように思う。


「私はこういうふうに感じます」と伝えるから、子どもたちからも「僕はこうです」という返事が返ってくる。

一人の子どもというより、一人の対等なパートナーのような感じ、私たちにとっての家族とはそういう関係性なのだと思う。


そもそも子どもと考え方や意見が合うとは考えていない。

まったく違うからお互いに面白いと感じるのだ。


芭旺は、「想いを言葉で伝える」ということを、シンプルにやっているだけだ。

本の出版も、自ら編集長にコンタクトをとり「自分の経験を本にしたい」と伝え、夢を実現させた。

本を書いていた時期の芭旺は、自分の頭の中にある考えを言語化することに夢中になっていた。

小学校に行かないという選択をした頃は、まだ想いを言葉にすることができずにもどかしい想いをしていたけれど、その時期を経て言語化できるようになったからこそ、あの本が出来たのだろうと思う。

想いを言語化できるようにするために、私たちは「第一次感情で話す」ということを心がけてきた。

たとえば怒っている時、怒りの下に隠れている第一次感情は何なのか掘り下げてみると、「寂しい」「悲しい」「不安」「心配」などという感情に気づく。

それを素直に「寂しかった」「悲しかった」「不安だった」と伝える。

自分の感情を伝えることは恥ずかしいことではないし、何より第一次感情は人を傷つけることがない。

芭旺が素直な想いや感情をまっすぐに伝えてくれる度に、私は「教えてもらえてとても嬉しい」と伝える。

お互いにそれを繰り返すことが、本当の意味でのコミュニケーションなのだと私は思っている。

喜怒哀楽、どんな感情も躊躇なく伝えあう中で、私の脳裏には子どもたちがまだ見ぬそれぞれのパートナーと笑いあう姿が鮮やかに浮かぶ。

お互いを大切にしながら楽しく生きる子どもたちの未来が見えて、涙が出るほど嬉しい気持ちになる。

私の母は全盲の父につきっきりだったので、子どもである私はまったくの放任状態で育った。

子どもたちを自由にさせているという意味では、子どもの頃の私と芭旺の環境はほとんど同じと言ってもいいのかもしれない。でも、その環境の捉え方はまったく違う。

私は寂しいと思い、孤独だと感じていたが、芭旺は「僕は信頼されている」と感じているのだ。

この違いは、コミュニケーションが取れているかどうかによって起こっているのだと思う。

私の彼を信頼する想いを受け取り、受け入れてくれる芭旺には感謝しかない。

自分の環境は自分で作る

芭旺が学校に行かないという選択をしたことで、私は様々な「問題」を抱える子どもたちのご両親のお話をよく聞くようになった。

そんな中で、我が子のことではなく、「アスペルガー」や「ADHD（注意欠如・多動症）」といった我が子の「病名」の話をされる方がたくさんいらっしゃることに、私はとても驚いた。

様々な個性や特性をもった人間がいる中で、社会生活や活動の上で困難を生じる特性に対して、病院、あるいは専門家につけられる（つけてもらう）名前が「障害」や「症候群」というもの。

たとえば、こんな話がある。

ある陸上競技の大会で、義足のランナーが一般のランナーと走ることを競技会が却下した、というニュースが物議をかもしたことがある。

「差別だ」と捉える人もいて、「区別」だと捉える人もいて……。そんな中で「私が」一番納得したのは、「義足」は義足の種類や義足の素材、義足の進化によってより速く走れるようにすることが可能である。

そうすると、どうしても健常者より有利になってしまう。だから一緒に競技をするというのには無理があり、それはしないし、させないというものだった。

「読み書き」が困難だったり、授業中立ち歩いてしまったり、「学校に行きたくない」と感じてしまった。

つまり、「学校」に適応できない個性を持っている子どもだから、テクノロジーを使った自宅学習等で補いましょうという手段が生まれたというのは、この義足の話となんら変わらないのではないだろうか。

むしろ、親たちがなんとか適応させようとし、子どもたちが嫌々でも適応しようとしている社会や現場の「常識」の方が、よほど大きな障害物なのではないかと感じる。

自分に優しい環境の中で生きる
もしくは自分で環境を作る
そうすれば 適応障害なんてそもそも生まれない

自分で環境は選べばいい
自分で環境は作ればいい

どんな環境を作ればよいのかということは、子どもたちに聞けばすぐに分かる。
親が学んできた「常識」や「普通」や「当たり前」を頼りに、親の目線で判断するのを止めれば、子どもたちの心の内側の声がきちんと聞こえるようになる。

だいたい親の学んできたそれらが、他人である子どもにも通用するはずがないのだ。

しかも、当の親にとってもその時必要だっただけであって、今はどうかは分からない。その中から「いらない物は捨てて、大切な物だけ取っておく」、常にアップデートしていけばいいのだと思う。

子どもたちの声を聞き、願いを叶えるサポートをすることで、その取捨選択を子どもたちが教えてくれることだって、決して少なくはないのだ。

「子どもは親を選んで生まれて来る」というのが真実なのであれば、それも当然だろう。

そして結局、親が「自分である」ことが一番の子育てなのだろうという、同じところにたどりつく。

そんな「自分」と「自分の身体を通って生まれて来た子ども」との化学反応はつくづくおもしろいなと感じながら、私は胸をはって「自分」をやっていく。

まったく新しい日常

久しぶりに見た
姉弟2人が笑い合うシーン

ケタケタゲラゲラ笑いながら走っている
お決まりの、ベタなズッコケまでご披露しながら

ちょうど2年前に
芭旺が学校に行かない選択をした時
「学校に行かない？ 意味が分からん！」
娘はそう言い放ち
以来2人の中は険悪になった

険悪というより
まったく話すことのない
同じ家に住んでいるだけの「他人」になった
学校が大好き！ 先生が大好き！ な娘

娘にとって宿題をやることは
大好きな先生との約束を守るようなものだった

この2年
お互いにいろいろなシーンをくぐり抜け
生き方の違う1人の人間同士として
共に楽しく生きるということを選択し
本音を伝えあえるようになっている

こうして生まれたのは
元に戻ったようでいて
まったく新しい日常
私はこの今が、何よりも嬉しい

母親という名のクリエイター

芭旺が本を出版したことで、私は「芭旺の母親」として少しばかり有名になった時期があった。

そして、子どもの「不登校」で悩んでいる母親たちから相談を持ちかけられるようになった。

一時期は、毎日のようにFacebookのメッセージが届いて、しばらくは一人ずつにお返事をしたり、時にはお会いしたりもしていたが、ほぼ１００％で似たような展開になるし、考えてみれば私はカウンセラーでもアドバイザーでもないので、今は相談は受けつけていない。

そもそも、私の中で「不登校」というのは「問題」ではない。

「不登校」と、ひとまとめにするような言葉すら、不要だと感じている。それのどこがダメで、何が問題なのかが分からないのだ。

もちろん私は学校に行かないことを勧めているわけではない。娘は学校が大好きで毎日楽しく通っていた。

我が家はただ、行きたい人は行けばいいし、行きたくない人は行かなくていいという選択をしているだけ。「そんな選択をしてハッピーに生きていますよ」という「ひとつのカタチ」ただそれだけなのだ。

正解は外に探すものではなく、それぞれに自分の中に在るもの。

「あなたはどう思う?」なんていう答え合わせはしなくてもよいというか、できない。

「今」というこの時代は、大人たちが育った過去ではなく、子どもたちが、まさに育っている「今」なのだということ。

大人たちが教えられることはほとんどないと私は思う。必要なのは、子供たちの好奇心をおもしろがって応援することだけ。

私がやっているのは、「母親という名のクリエイター」活動。もちろん、クリエイトするのは子どもではなく、この世にたった一人の「私」という作品。

私は唯一無二の一人の人間である子どもと、唯一無二の母である私との化学反応を楽しみたい。

子どもをこの世に生み出すという奇跡のような体験をさせてもらい、そして、子どもを育てる中で自分を育てるというクリエイティブな活動をすることが楽しくて仕方ないのだ。

ただ、こんな話をすると決まって「どうやったら芭旺くんのママみたいに、自信満々で子どものことを見守ってあげられるようになりますか?」という質問が飛んでくる。

私は繰り返し「まずお母さんが笑顔でいられることを、お母さんが好きなことをされたらいかがでしょうか?」と答えてきたのだけれど、ほとんどの方が「それは芭旺くんのママだからできるんですよね」と口をそろえるのだ。

はい、そのとおりです。

私だからできます。

だから、あなたにもできます。


以前の私はあなたのように、誰かに聞くことも頼ることもできなかった。

そんな私でもできるのだから、当然あなたにもできる。

私が今のように「今が一番幸せ」と胸を張って言えるようになったのは、ここ数年の話。

つまり、私は数年先のあなたの姿なのだ。


大丈夫、あなたにもできる。

何より、あなたの一番近くに「学校に行かない」という勇気ある選択をした、子どもという学ぶべき存在がいるのだから。

ワガママ勝手に幸せに

ある日、芭旺に言われた
ママはワガママだ
ママは勝手だ

ありがとう

だから僕は、ワガママに生きられる
だから僕は、勝手に生きられる
だから僕は、自分を一番大切にできる

ママはそうやって教えてくれているのだと……

教えているつもりはサラサラないので
面食らいはしたけれど
たしかに、まさに、そのとおり

あなたも、私もそのままでいい
自分のまま
時に悩み、時に悲しみ
これからも
お互い、ワガママに生きていきましょう
お互い、勝手に幸せに生きていきましょう
お互い、自分を一番に生きていきましょう

ママの所に生まれてきてくれてありがとう
これからも私たち家族の物語を
存分に楽しんでいきましょうね

私たち家族の物語

「ママはワガママだ。ありがとう。だから僕は、ワガママに生きられる……」という芭旺の言葉の前後には、私たち家族の物語がある。

もうずいぶん前の話なのだけれど、芭旺が遠くに住む彼の父親と食事に行くというので、私も仲間に入れてもらって久しぶりに子どもたちの父親と会った。

一緒に食事をしているうちに、彼と結婚していた当時の自分を思い出した。

そして、私は彼からの「受け取りきれないほどの愛」を「自分は受け取る資格がない」と思い込んでいたことが、急にはっきりと分かったのだ。

それが分かった途端、その頃の全てに感謝が溢れてきて、私はその想いと言葉を止められなくなってしまった。

「あなたの愛を私が受け取り切れていなかった」ということ、「あなたの「頑張らなくて良い」という言葉を「あなたは必要のない人だ」と言われているように感じて、より頑張って空回りしてしまっていた」こと……。

そして、今では「そんな自分に「もういいよ」と言えるようになった」こと、「あなたからいただいた愛に本当に感謝している」ということを伝えた。

すると、彼は昔と同じように「頑張らなくても大丈夫。子どもたちに「わがまま」に生きて欲しいのであれば、まずあなたがわがままに生きてください」と応援の言葉をくれた。

私が自分を生きられるのは彼の大きな愛のお陰なのだと、その愛を受け取れるようになった今、心からそう思う。

そして、受け取ったその愛は、私を通して未来の創造主である子どもたちに注がれる。

私たち家族のカタチは、世の中の言う理想的なものではないのかもしれないけれど、私たち家族は間違いなく、そんな幸せを生きている。

シェアハウス的家族の在り方

あれは小学校高学年になった頃だったか、芭旺が「お料理」に目覚め、ハンバーグ、卵焼きに麻婆豆腐と、自分の好きな食べ物を自分で作るようになった。

そして、作りながら言った。

「僕、ママがするようなことは全部できるから、もう一人暮らしができるね！」

おもしろい、おもしろい、おもしろいじゃないか！

あまりに自信満々で言うものだから、ちょっとおもしろくなってしまった私は、マンション内別居を提案してみた。

私と、娘と芭旺の3人で、それぞれ一部屋ずつに住む。そんなシェアハウス的な部屋割りをしてスグにお引越し、「シェアハウス的家族の在り方」にシステム変更という趣向だ。

それぞれが自分の部屋で好きに過ごし、子どもたちだけではなく私も気が向いた時にしか家事はしない。

とはいうものの、もともと我が家はそれぞれが好きな時間に冷蔵庫にある材料で食事を作るので、そこにはあまり変化はない。キッチンに誰かが立つと、自然にみんなが集まって来て、みんなでそれを食べるという感じ。

お互いを干渉し合わない家族内シェアハウスでは、娘は今までと何も変わらず、好きな劇団の観劇に出掛けたり、好きな絵を一日中描いたりと、自分のペースで毎日を楽しんでいた。

全員家にいるのに、家族の誰とも顔を会わせない日があったり、もちろんお喋りしない日もあったり……。

私はというと、久しぶりのワンルーム独身状態に「ああ、こんな感じだったなあ」と懐かしい感覚を楽しんだ。

時々「芭旺は寝る時、お布団かけないで寒くしてるんじゃないかな」などと気にかかったりもしたが、そこは芭旺の一人暮らしの願望を叶えるため、声はかけずに芭旺にすべてを任せた。

そんな「家族内シェアハウス的在り方」の均衡を破って突破してきたのは、一人暮らししてみたい的発言の言い出しっぺの芭旺本人だった。


寂しい、寂しい、寂しい！

ということで、たった4日間で「家族内シェアハウス的在り方」はあえなく終了した。

「うるさいこと言われて、邪魔なこと面倒くさいことがあって、『くそー』って思うときもあるけど、やっぱりまだ一緒がいいよ」とのこと。


まあまあ、そんなに早く独り立ちしなくても大丈夫。

必ず、その時はやってくるのだから。

もうしばらくは家族を満喫しようということになったのだけれど、それにしても、あれはなかなか楽しい試みだった。

選択を受け入れる

それは芭旺が9歳の時のこと

「死にたい」
そう言って紐で自分の首を絞め始めた

今でも鮮明に思い出す
リビング
私の右後ろで
泣きじゃくりながら
「死にたい」と叫ぶ芭旺の声

私はその声にこたえて言った
「あなたがそうしたいのならママはそれを受け入れます」

彼は泣きじゃくりながら
しばらく紐で首を絞め続けた

それは決して生半可な力ではなく
「おえっ」とえずくような音が
何度も何度も聞こえてきた

どれくらいの時間がたったのか
「やめた」「もう飽きた」
そう言って芭旺が紐から手をはなした

私は芭旺を抱きしめた

「死なないでくれてありがとう」
「生きていてくれてありがとう」

今度は2人で
泣きじゃくりながら抱きしめあった

新しい世界での新しい出会い

いつだったか、とある名の知れた方から「お母さんは芭旺くんの言いなりですね。芭旺くんを褒めすぎですよね」と言われたことがある。

私は心底驚いた。

子どもたちのやりたいことを応援すること、彼らの選択を受け入れることは、親にとって当たり前のことだろう。それが、大人から見た時にどんなにくだらない、どんなに些細なことであっても。

それに私は「褒める」などという、そんな作為的なことをした覚えは一切ない。私は芭旺を本気で尊敬している。「すごい！」という賞賛と歓喜、ただそれを素直に声に出しているだけのことだ。

芭旺の「自分の首を絞め始める」という選択ですら、私は受け入れた。悲しくて苦しくてどうしようもなかったけれど、止めて止められるものではないことが分かったから。

そして今では、あの時「死にたい」という気持ちを私に伝えてくれたこと、そして生きる選択をしてくれたことをとても嬉しいと思っている。

以前、芭旺がブログに「友達がいないときは、自分と仲良くなるチャンスだ」と書いたことがある。

自分が自分の大親友になるために、やりたいことを自分で知り、それを自分で叶えるために全力で動く。

そうやって動いたその先には、最高に面白い、新しい世界での新しい出会いが待っている。

本当にその通りだと思った。

そして、新しい世界での新しい出会いは、芭旺だけではなく「私にも訪れる」と、この時の私は信じて疑わなかった。

第3章

闇の底へ

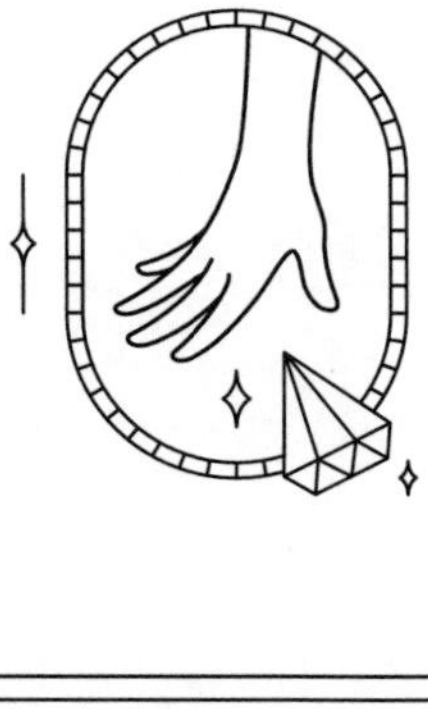

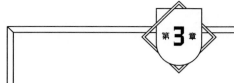

別れ

別れというのは
ただ、卒業の時を迎えたということ
ただ、関係性が変化したということ

相手のなにかを、自分のなにかを
否定することではない
そんな発想はどこにもない

誰かのなにかを否定すること
それは自分のそれを否定するということ
誰かもなにかも全てはダミーだ
全ては自分なのだ

どんな別れであったとしても
そのあとに相手を恨むというようなことが
あり得るのだろうか

許せないそれは
自分の中にある許せないそれ
嫌いなそれは
自分の中で自分に禁じているそれ

そんなに自分が嫌いなのだろうか
禁じているそれを教えてくれる
そんな大切な人を
どうして無下にできようか

二人のパートナー

私は2度離婚している。

最初の夫、子どもたちの父親とは良好な関係で、今でも連絡を取り合い相談をしながら子どもたちを共に育てている。

離婚して10年以上経った今でも、彼は「母親が幸せなのが一番です」「あなたがわがままに生きることが、子どもたちに「わがままに生きていいのだ」というすばらしいメッセージになります」と言って、私たち親子のことを変わらず応援してくれている。

2人目の夫とは法的には離婚というかたちをとったが、離婚後も別姓夫婦。住む場所も東京と福岡と別々ではあったけれど、二人はずっと夫婦のままだった。

紙の上では他人になった私たちだけれど、私は彼の最期を看取らせていただいた。

彼はステージ４の肺がんを宣告され、自分の住んでいた福岡ではなく私たち親子の暮らす新宿の病院に入院して闘病生活を送った。

４カ月という短い期間ではあったけれど、家族と時間を共にして、自分の誕生日と同じ時間に空へと還っていった。

「行ってらっしゃい」

別れの時、私は彼にそう伝えた。

違いを尊重して生きる

夫が肺がんのステージ４だと分かり余命宣告を受けた時、私が最初に相談したのは子どもたちの父親だった。

私にとってそれはごく自然で間違いのない選択だった。彼は医師であり、かつ最も信頼できる人だったから。

彼に電話をかけて「あなたならどうしますか？」そう聞いた。

彼はいつもと変わらず「あなたはどうしたいですか？」と聞き返した。

私は、余命宣告とは「もう嫌なことは全部やめていいですよ」「好きなことだけして生きてください」そんな神様からの贈り物だと考えている。

私は夫にそんな私の考えを伝えたうえで「あなたはどうしたいですか？」と聞いた。

夫は抗がん剤治療を選択した。

私は彼の全てを応援した。

そして、セカンドオピニオンとして子どもたちの父親を夫に紹介しようと決めた。

芭旺に相談すると「いいんじゃない？」とのこと。

そのすぐ直後、私が夫と芭旺の3人で東京駅へ買い物に来ていた時、偶然にも子どもたちの父親が東京駅近くにいることを知った。

4人がすぐ近くにいる。

私は迷った。

紹介したい、どうしよう……。

結局その時、私は紹介できなかった。

常識の壁を越えられなかった。「普通は紹介なんてしないよね」そんな普通が私の行動を阻んだ。


私は子どもたちの父親を、医師としてはもちろん、一人の人間としても心底尊敬している。

彼は驚くほど、感情抜きにジャッジせず物事を判断できる人。


私は自分にがっかりした。

そして少なからず驚いた。

大切な人のために私ができること、それを放棄した自分が悲しかった。


でもその少し後に、夫は知人の紹介で子どもたちの父親の勤務する病院に転院した。願いはあっさり叶った。彼らはお互いに知りはしないが、患者と医師として命を守るというパートナーシップを結んだのだ。

私は選択しないその治療、私の考える治療とは対極にあるその治療。

たとえそうだったとしても、彼は彼の人生を生きている。私は彼の選ぶ全てを応援する。

日々そこに立ち戻り、夫との日々を過ごした。


「あなたはどうしたい?」そのすべてに寄り添った。

そして同時に、私は私に寄り添った。

「あなたはどうしたい?」そのすべてを応援した。


疲れすぎて、自分の考えを押しつけるような私になってしまった時には、自分に集中して整える。


いかなる時も、互いを尊重して生きたい。

毎時そのあり方を自分に確認しながら、全てをともにした。


家事は家政婦さんにお願いした。子どもたちが困ることのないように、そして安全に暮らせるようにと、環境と設備の整ったマンションに引越した。

余命宣告をされた夫、部活に全力投球している娘、テレビ出演の依頼が頻繁に舞い込む芭旺、その全てを全力でサポートした。

まさにそれは「答えのない世界」、「あなたはどうしたい？」と自分に問い続け、「こうしたい」を選択し続けた。

夫が亡くなる10日くらい前のこと、夫がふいに看護師さんに「どうしたらいいですか？」と聞いた。

看護師さんは抗がん剤治療のことを説明した。「続けるかどうかを決めていただくのは何日までに」。それでも何度も同じ質問をする夫に、看護師さんは困った様子だった。

わかる。

不安だよね、体はきついし。

でも、生きたい。

わかる。

私は伝えた。

「正解はないんだよ。あるのは自分が納得する答えだけ」

「自分で選べるんだよ、すべて」

「自分にしか選べないんだよ、すべて」

涙が止まらなくて声にするのがやっとだった。

夫は黙って天を仰いだ。

「はい。私たちはご本人の希望を尊重いたします」、看護師さんは目にうっすら涙を浮かべてそう言った……。

私たちは、今をともにして生きると決めた同志だった。

違いを知り、違いを尊重して生きるという全てを、私は彼の一生から学ばせてもらった。

対極にあるそれを尊重するということ。

それこそが「愛」なのだと、彼と生きることで私は知った。

そして彼は空へと還っていった。

「行ってらっしゃい」

別れの時、私は彼にそう伝えた。

イジメ

この世界にイジメは存在しない

あるとすればそれは
自分が自分を
いじめていることに気づくための
神からの贈り物

自分をいじめているのは
誰でもない自分なのだ

アドバイス

トキメク人から贈られるアドバイス
そこから生まれるのは「素直」というギフト

「あなたのためを思って」というアドバイス
それは「コントロール」という名の呪い

アドバイス
それはそれをする人の自己紹介

仮面

自分にウソをついている人
それ以上にひどい人間はいない

自分にウソをついていること
それこそが諸悪の根源

アナタノタメヲオモッテ
コンナニシテアゲタノニ

そんな言葉をならべて
被害者の仮面をかぶる

いつも笑顔
いつも元気
そんな仮面の下で
行き先を失った憎悪が渦巻く

自分は「どう在りたいのか」

私は芭旺がＳＮＳを始めるまでずっと、子どもの写真をネット上にアップしないようにしていた。

それが「子どもを守る」ということだと信じていたから。


でも、ある日の芭旺の言葉で、ハッと気付いた。

「僕はいろんな所で『芭旺くん』って声をかけられる」

そうか、ネットやテレビで顔を出していることで、むしろ彼は日本中の人の目に守られているのだ。


ネットなどで批判される。

これも、すでに9歳で経験済みだ。

経験して、そのものごとの捉え方をひとつひとつ学べている。

そう、このことは私自身も同時に経験したことだ。

芭旺が本を出して注目されるようになり、テレビに出たり著名な方にお会いするようになってから、「心配」や「アドバイス」をしてくれる「友達」の出現に驚いた。

たとえば、心屋仁之助さんがブログでシェアをしてくださったり、応援してくださったりすると、「どのくらいのお金を渡してやってもらってるの?」と聞いてくる人。

茂木健一郎さんが芭旺のことをTwitterで紹介してくださるたびに「茂木さんは芭旺くんを利用している」、堀江貴文さんがFacebookで芭旺との写真をシェアしてくださったときは、「芭旺くんは堀江さんのイメージアップ作戦に利用されているだけだ」と言ってくる人がいたりもした。

そんなこと、ありえない。

でも、そんな声は私に、自分の知らない世界が在るということ、そして人間は自分の知らない世界は信じられないのだということを教えてくれた。

そして、それらは紛れもなくその人が思う言葉、その人の嘘のない気持ちだから、否定したところで伝わるわけがないということも分かるようになった。

やがて芭旺にも、そして私にも見ず知らずの人から批判や脅しのメールが届くようになった。

Twitter や Facebook にも批判がたくさん書き込まれた。そこに貼付けられていた、それはそれは酷い言葉の連なったネットの匿名掲示板を見て、愕然としたのを覚えている。

私は怖くて泣いた。

私はとんでもないことをしているのではないか……。

怖くて怖くて、悲しくて悲しくて、子供のように泣きじゃくった。

怖いと思っている自分を大切にして、悲しいと思っている自分を大切にして、そうして、「怖い」や「悲しい」を味わい尽くしたあと、やっぱり、大切なのは「自分はどう在りたいのか」だと思った。

今は、わざわざ見に行くことは皆無だけれど、思い返してみればあの批判の声の大半は、私が子どもを産む前に持っていた考えと同じで「その意見、分かるなあ」としみじみ思う。

でも、だからといって私があの頃に戻ることはありえない。

そして、やっぱり私は「このままで在ろう」と思った。

芭旺はというと、「どう思われるかではなくて、自分がどう在りたいか、ということだ」と、私と同じ結論をこともなげに言った。

ああ、私は大丈夫だし、芭旺はもっと大丈夫だと思った。

いろいろな意見があって当たり前、でもそんなことよりも、その意見も含めた世界を自分がどう感じるのか。

心の動きは自分を知る手がかりになる。
ほうほう、なるほど……、自分はそう感じるのか。
それで、そのうえで、自分はどう在りたいか。

とにかく自分を大切に、イヤだと感じる書き込みは即削除するし、自分に必要のないと感じるものは受け取らない。
そんなことを1年近く繰り返して、私はようやく自分の在り方を大切にできるようになったと、自分で実感できるようになった。

そして今では、「他人の在り方」も同じように大切に思うようになっている。
「そのままの自分」だからいい、それはあなたも私も同じこと。

……でも、それは違っていた。
そう言い切れるようになって嬉しいと思っていた矢先に、その異変は起きたのだった。

闇の底へ

芭旺が本を書くことを決めた時
私は彼をサポートしようと決めた

自分の意思を完全に消して
黒子に徹することに決めた

しかし、その先に生まれたのは
自分が何をしたいのか
自分が何を好きなのか全くわからない
何一つ自分で決められない人間だった

「人の気持ちを考えなさい」
「空気を読みなさい」
「言うことを聞きなさい」
「人に迷惑をかけてはいけません」

サポートしている間
私は私をそんなふうに育てた

今なら分かる
これは人間の魂の殺しかた

芭旺が本を出してからというもの
私は散々言われ続けた

中島芭旺は母親の操り人形
母親は中島芭旺を
金儲けのために利用している

辛かった、苦しかった、悲しかった
言葉を尽くしても
泣き叫んでも、誰も聞いてくれはしなかった

でも今なら分かる
私の声を聞かなかったのは私
私は自分で自分の魂を殺し
闇の底へと追いやったのだ

「さびしい」に隠れていた自分

ある時唐突に「さびしい」という感情に襲われた。

たくさんのことが重なって、心も体もボロボロに疲れきってしまっているのだろう……。でも、それだけでは説明しきれないような感情だった。


きちんと感じよう。

さびしい、さびしい……。


感じ切ったそのあとに現れた宝物は、高校卒業の頃デザイナーになりたいと願った私だった。

ワケノワカラナイ仕事と言われ、許さないと反対されて、自分の夢を捨てた私だった。


夢を見ていいなんて知らなかった、夢は叶うなんて知らなかった。

私は自分の人生を半ば諦めて、そうやってずっと生きてきた。

芭旺は9歳で自分の夢を叶えた、私の目の前でやすやすと。
夢は叶うしかない、願いは叶うしかないものだと、目の前で彼は教えてくれた。

その時私は、彼を応援しよう、どんなことがあっても一番の味方でいようと決めた。

彼への仕事の依頼はまず、母親である私のところへ来る。
誰もが知っている会社から次々に舞い込む、胸躍るような仕事の依頼に「おもしろそう！」「それ最高じゃない！」と「私」は感じた。

でも、芭旺は自分に忠実だった。興味のないものや心踊らないものには、「僕は興味ないです」と平気で断るのだ。
だから私は、彼が世の中で活躍している姿を安心して見ていられた。どんなお誘いがあっても、彼は自分に忠実だから大丈夫。

きっと、自分では気づかないほどの、なにか小さなボタンの掛け違えがそこで生まれていたのだろう。

芭旺が本を出すまでのあの頃は、自分と芭旺の違いに出会って怒りというような感情が顔を出しても、私はゆっくりとその感情を味わい宝物探しをしていた。

芭旺が本を出してから始まったのは、自分の中に「ワクワク」が生まれてもそれは自分のものではなく、しかもそれを自分ではない誰かが自分とは違う選択をし続ける日々だった。

それはまるでデザイナーを夢見て親に反対され、「そうだよな」と自分に言い聞かせて、夢も未来も諦め魂を殺したあの頃の自分を再現しているようだった。

私はこれまでずっと子どもたちと自分との分離を、丁寧に味わいながら生きてきたはずだった。

彼らの輝きから多くを学んできてはずだった。

それなのに、母という生き物はこんなにも簡単に闇に落ちるのだということを、私は思い知らされたのだ。

「さびしい」に向き合って、自分を許すこと、自分を愛することをもう一度ひとつずつやり直し、そのことを楽しみながら文字にできるようになった今、私はようやく「母親という名のクリエイター」活動、それすらも超えて「私」という作品をクリエイトすることが、本当の意味でできるようになったのだと思う。

「恐怖の暗闇」の住人

「さびしい」という感情に襲われた私は、その後1年半ほどもの間、自分が何をしたいのか、自分が好きな食べ物は何だったか……、自分が喜ぶ全てを忘れて過ごした。

深い深い闇に落ちて、私は魂の殺人鬼となった。

「親のようには絶対にならない」という決心が、こんなところで自分に向けられることになったのだ。

「どんな自分で在ってもいい」そう自分を許したはずじゃないか。許したという事実が、一周回ってまた自分を責める道具となった。

頭では理解できて、さらに体現もできて、それを人様に向けて伝える講演までしてきたじゃないか。「あなたは嘘つきなのか?」そう自分を責めた。

闇に落ちた自分に気づいたのは、パートナーのキックボクシングの試合の日だった。
彼は数カ月前に始めたキックボクシングの試合で勝利し、一緒に応援していた仲間たちみんなで勝利を喜び合った。大の大人が涙を流し、みんなが抱き合って彼のチャレンジを讃え、喜びを分かち合った。

そんな感動の渦の真ん中で、私は何も感じない自分を感じていた。
ガラスのように見えない境界線に包まれた空間にひとり。
耳元で聞こえているはずの歓声が遠くで響いているようだった。

何かがおかしい……。
私は人一倍感受性が高い人
人より早く感動し、人より早く泣き、喜ぶ人
そんな私が、無感情でつくり笑いを浮かべて立っていた。
そこから数カ月、私は「恐怖の暗闇」の住人となった。

何もかもが怖い。
人が怖い。
猫の鳴き声が怖い。
ヘリコプターが怖い。
車が怖い。

とにかくこの世の全てが私を狙っているように思えた。

眠れなくなった。

喉が渇いてたまらなくなり、2リットルのペットボトルを2本空にした。
トイレが近くなり、トイレにこもった。

便秘にもなった。

腸が破裂するかもしれない。
口から出るかもしれない。
本気でそう思い、本気で怯えた。

友達に何度も何度も電話をかけ、助けてと泣いた。

もちろん、病院にも行った。
「パニック障害だと思われてるんだろうな」そんな冷静な思考と、怖くてたまらなくて声を出して検査の邪魔をする自分。
二人の自分が私を支配した。

そういえば自分が病院で働いていた頃、ものすごくナーバスで苦手な患者さんがいたけれど、その時の私はまさにその嫌いだった人そのものになっていたのだろうと思う。

あの人のようになりたくない、あの人のようにはならないと思う時、握りしめている核は同じなのだ。
私はきちんと、自分で禁じたあの人のようになった。

死にたいと思った。

私は初めて「死に方」について検索した。
一番楽に死ねる方法を探し、「あの駐車場の奥の公園の奥の木。あそこにしよう」と、そこまで決めると安心する自分がいた。

でも、その次に目に入った画面に書かれていたのは、死にきれなかった人の行く末だった。
隔離病棟に入院させられて、再び自殺することができないように手足を拘束され、落ち着くように注射を打たれる。

怖い、怖い、絶対に嫌だ。
私は弱虫すぎて死ねなかった。

だから今、私はここで生きている。
弱虫で本当に良かったと思う。

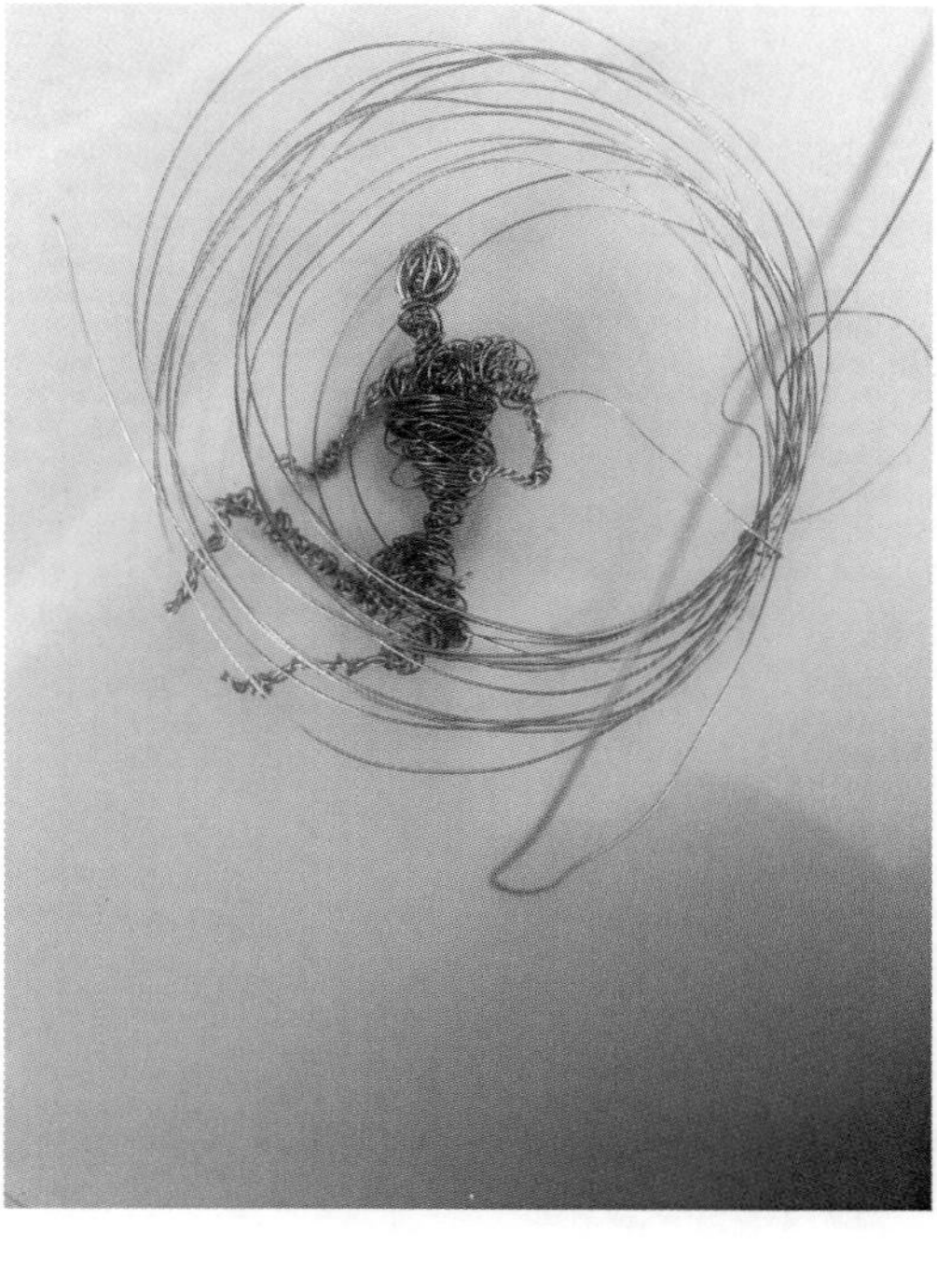

生きてくれて

もういいよ
大丈夫

つかれたね
休んでいいよ

やめていい
投げ出していい

がんばったね
きつかったね

もういいよ
大丈夫

今日だけ生きてくれて
ありがとう

もういいよ
大丈夫
今だけ生きてくれて
ありがとう

友やパートナーの支え

とにかく友達には迷惑のかけどおしだった。

1日何十回も電話をかけ、何百回もLINEを送り続けた。

友達はいつも優しかった。

「大丈夫だよ、大丈夫」「怖いね、うんうん、怖いよね」と、とにかく私に寄り添い続けてくれた。

「弥生さんは悩んでいる人の気持ちに寄り添えない、気持ちが分からないって言ってたでしょ。そんな弥生さんが今の苦しみを乗り越えられて、その気持ちに寄り添えるようになったら最強だと思うし、弥生さんにはそれができると思う」そんなふうに言ってくれた友達もいた。

こともあろうに、私はその友達が嫌いになった。
「嘘つきだ。私がそんなふうになれるわけがない。私はこんなに酷い状態で、私はもうダメなのに、そんなことを言うなんて酷すぎる。絶対に許せない、信じていたのに悲しい……」。本気でそう思い、本気で怒った。

あの時、私の未来を疑わずにいてくれた友達。
私はあなたの言葉を宝物にして生きる。
本当に本当にありがとう。

それから、パートナーにも心から感謝している。
彼は豹変した私を、あんなに酷かった私を、ひと時も見捨てなかった。
公園の隅で泣き叫ぶ私を、彼は見守っていてくれた。
カフェでひとり怯えて泣く私を、ただただ優しく包み込んでくれた。

「大丈夫だよ、大丈夫。僕が守るよ」

その頃の私にはそんな優しさも通じず、「私を助けてくれない冷たい人」だと決めつけて、たくさんの暴言を吐いた。何を言ったのか覚えていないくらいに……。

そんな恐怖のどん底にいる最中に、ずいぶん前に撮影されていた映像のテレビ放映が決まった。しかもそれは海外の公共テレビ。

すべてを消してしまいたいのに、すべてを忘れてしまいたいのに。

映像の中で素敵な私が、とてもすばらしい話をしていた。

自分が嘘つきになったようで怖かった。

あの頃の素敵な私はどこにもいない。絶対になりたくないと思い、自分の中から排除し禁じていた嘘つきに、とうとう私は成り下がってしまったのだ。

そんな気がして布団にくるまりひとり怯えた。

「大好き」は「できない」を越える勇気

心療内科を受診して薬をもらい、たくさん飲んで何もかも忘れてしまいたい、いっそ狂ってしまいたいと思った。

病院をネットで探した。
毎日朝から晩まで探したけれど、私を理解してくれるドクターは存在しないように思えた。
そして、途中で気づいてしまった。そんな先生が存在したところで、自分の話、そして芭旺の話をしなければ色々な状況の説明ができないということに。

それだけはできない。

守秘義務なんてアテにできるもんか。「中島芭旺くんのお母さんはこの程度の人なのですね」そんなドクターの声が心にこだました。

でも苦しい、でも怖い。

すこしだけでいい、楽になりたい。

私はふと、安倍昭恵さんに相談したいと思った。昭恵さんなら信頼できるドクターを知っているかもしれない。

最初は芭旺とのご縁だったのが、今では立場を超えてお付き合いくださっている昭恵さん。優しい笑顔が心に浮かんで離れなかった。

でも相談できなかった。

もう私は昔の私じゃない。今の全然素敵じゃない私が、昭恵さんに会いに行けるわけがない。そんな思いが私を止めた。

知ってか知らずか、昭恵さんからＬＩＮＥが届いた。

嬉しいけれど怖くて、会いたいけれど怖くて、返事ができなかった。

返事をするのに6日かかった。

昭恵さんに会いたい、でも怖い。

ダメな自分を昭恵さんに見せるのが怖いのではなかった。こんなにダメになっても、私は昭恵さんが信頼できることは分かっていた。

怖いのは昭恵さんではなくて、他の人の目。会いに行くまでに出会うすべての人が怖いのだ。

「会いたいのに悲しいです」そう返事を送った。

昭恵さんは時間をつくり、福岡まで来てくださった。

何もできない私のためにお店を探し予約までしてくださった。

私はたくさん話をした。

昭恵さんはそれをただただ聞いてくれて、そして笑ってくれた。

ああ、私は大丈夫なのかもしれない。
その時私はそう感じた。
私の中で何かが変わった、そんな感覚をおぼえた。

昭恵さんは「深刻」を笑ってくれたのだ。

信頼している人が「深刻」を笑い飛ばしてくれる。
これ以上のカウンセリングはこの世にないと思う。
そう「私」は感じる。

そして今ならわかる。
私はどんな私でも大丈夫なんだ、どんな私でも愛されるんだということが。

「母は笑っていればいい」というのは本当だった。

そんな母からの愛を、私は昭恵さんからいただいた。

後になって、昭恵さんから「楽しく自信満々で弾けている弥生ちゃんも好きだったけど、本気で自分と向き合ってもがいて、涙してる弥生ちゃんも人間として素敵で愛おしいと思いました」というＬＩＮＥが届いた。

どんな私でも愛される。
どんな私でも大丈夫。
そんな広くて深い愛。
私は安倍昭恵さんからそんな愛をいただいた。

それからも今に至るまでずっと、昭恵さんは「大好きな存在」「いつも笑っていてくれる母のような存在」として、私の「できない」や「怖い」を乗り越える勇気の源となってくださっている。

乗り物が怖い、人が怖い、でも昭恵さんに会いたい。

私は飛行機に乗れた。

本を書きたい。嘘をつかないで、闇に落ちていた時のこともきちんと書きたい。そこから抜け出すきっかけをくださった昭恵さんのことも書きたいと願う私に、「書いていいよ」と即答してくださった。

私は何度も泣きながら、自分を見つめまっすぐに原稿を書くことができている。

「大好き」は「できない」を越える勇気なのだと、それをもう一度私に教えてくれたのは安倍昭恵さんだった。

この場を借りて心から感謝を伝えたい。

昭恵さん、ありがとうございます。大好きです。

誓い

26歳になるまで
自分の生きにくさに気づくことなく生きてきた

いや、気づいていなかったのではなく
よくわからないそれを見ないようにして
強がって生きていたのかもしれない

26歳からの20年間は
心理学という鎧を身につけることで
自分の弱さを手放せた気になっていた
自分の生きにくさを
学者たちの作った箱に入れることで
私は安心という基地を手に入れた
社会に怒り
かわいそうな人を助けることで
世界には私の役割が生まれ

私はその役割に安心した

けれどそれは
かわいそうな人
助けなければならない人が必要な世界
その世界ではたえず被害者と加害者が量産される

私は恐ろしく傲慢になった

平気で人をジャッジし
カテゴライズした

必要のないアドバイスをし
ありもしない病名を告げた

そうすることで特別な何者かであろうとした

それはすべて私の安心のためだった

いま私は想う

あの頃送った誰かへのアドバイスは
そのすべてが自分へのメッセージだった

私を怖れから守り
私に安心を与えてくれた鎧
いま感謝とともにそれを手放す

そう
誰かが見せてくれた
問題行動と言われるそれは
ジャッジされ分断された
誰でもない私の魂の叫びだったのだ

必要なのは「依存症」という言葉ではない
必要なのは「躁うつ」という病名でもない

あなたに必要なのは
どこまでも広がる空、そして大地

あなたは
大空を飛び回る鳥であれ
鎖を引きちぎる象であれ

たとえひとりになっても
私はあなたを愛することをここに誓おう

今を楽しみ続ける

私は闇の世界の住人となった時、今度は自分で自分が「死」を選ぶことに許可を出した。芭旺が自分の首を自分で絞めたあの日のことが思い出されて、「そうだ、私にも『死』を選ぶことができるじゃないか」と気づいたのだ。

でも私は、弱虫だったおかげで、死ぬことをあきらめることができた。

そして私は考えた。
あと5年だけ、そうだ、あと5年だけ生きよう。
5年ぐらいなら、このままだましだまし生きていけるかもしれない。そう思うと少しだけ楽になった。少しだけ息がしやすくなった。

いま私は朝公園を走っている。

最近、走ることもそれと同じだと気づいた。

朝、目が覚めて、「走りたい」と思う。

顔を洗い、歯を磨き、芭旺の朝食を作ってから家を出る。

そして私は、私のテンションを上げてくれる曲とともに走る。息が切れてくるたびに「あと1曲分だけ走ろう」と思う。「1曲だけ、あと1曲だけ」、その繰り返しが集まって、「1周4キロ走れた」ができあがる。

明日も頑張ろうなどとはさらさら思わない。

1曲走れた！1周4キロ走れた！

わーい！気持ちいい、最高！ただそれだけなのだ。

いまの私には「5年」という区切りはない。

もちろん、明日も生きなければならないなどとも、さらさら思わない。

生きるということにそんな目標は不要。

生きる意味を考える必要もない。それは過去の自分の経験や知っていることから答えを導き出す行為に過ぎないから。

変わり続ける世界を考えることなく感じ続けること。

ああ、芭旺が言っていた「今を生きる」って、こういうことなのか。

今頃になって、ようやく分かった。こうして私は、持続、継続、コツコツ続けるという言葉を私の辞書から削除した。

私はただ、今を楽しみ続けているだけ、ただひたすらにそれだけなのだ。

第4章

概念革命

夜明け

明けない夜はないなんて
明けてみないと分からない

その怖さや恐ろしさは
人が生まれるときに
真っ暗な産道を通る時のそれと
同じなのかもしれない

人生の課題を楽しむ

私は枝が好きだ。

花を飾る時にも枝を中心に見立てる。

緑を楽しもうとドライブに出かけても、気になるのは木の枝ばかり。

新宿のタワーマンションに住んでいた頃、たまたま行った福岡の山の木の美しい枝をそのまま持ち帰りたくて、宅配便に送料を問い合わせると、美術品運送となると言われ、その金額に驚いた。

大地から生命のエネルギーを受け取り、脈々と葉や花に送り届ける枝という存在が、私はたまらなく好きなのだ。


私はイベントの当日までの道のりが好きだ。

あれをやってこれをやって、これはあの人に依頼しよう、お店はあそこ。衣装はこれ、演出にこんなことをやったらおもしろいよね、最高だよね！と、さんざん準備を楽しむのだけれど、イベント当日には全く興味がない。

当日までの道のりで、たくさんの喜びやたくさんの出会い、たくさんの発見に出会う。

私は当日までの道のりを楽しむことが、たまらなく好きなのだ。


私は参道が好きだ。

どこの神社に行っても気になるのは参道。そこから見える様々な色、そこで聞こえる様々な音、神聖な場所に到達するまでの人の表情や心の変化……。その道のりを楽しむことが、たまらなく好きなのだ。


最近になって気づいた。

私は母の産道を通ってこの世に誕生するその時、ひどく駄々をこねた。

上手にできなくて、母を苦しめた。母は微弱陣痛で苦しみ「吸引分娩」という方法で私を出産した。


「私」はこう思う。

これはきっと、「私」という人生の課題。

人は生まれるその時に、生まれる前に決めた人生の課題を強く刻むものなのかもしれない。忘れぬよう、その課題へと導かれるように、時には母親を使ってそれを強く強く刻むのだ。

そして、母親を苦しめたであろうそれを、私は無意識下で「罪悪感」として意識し、それを払拭すべくそれに夢中になり才能を発揮する。それが自分の設定した人生の課題だとも知らずに。

枝、道のり、参道……、そんなものに惹かれ楽しむというそれは、意識せずに行う「罪悪感」の払拭なのだと、そう私は思うのだ。

そして、そのことに気づいた今、忘れぬように強く刻むことで導いてくれた「罪悪感」を感謝をもって手放し、これからの私は人生の課題をただ純粋に楽しんでいく。

罪悪感

自分の中にある
罪悪感を払拭するために
他人を使うことなかれ
自分の中の罪悪感は
自分でなければ払拭できない

他人を可哀そうな人にすることなかれ
他人を困った人にすることなかれ
助けたいという想いは
深い罪の意識から
助けてほしいという私の叫び

役に立ちたいという想いは
深い罪の意識から
ありのままでは愛されないという
私の思い込みだと気づけ

失敗したら「ごめんなさい」

「失敗」なんて誰にだってある
失敗したら「ごめんなさい」
さっさと許したほうがいい

失敗を許す、ただそれだけ

相手から許してもらうんじゃない
許すのは自分

許してください
そう願うのは加害者を生む作業
それは罪悪感を使って
他人をコントロールしようとする
ズルい大人の常套手段
偉い誰かの常套手段

罪悪感は本当は存在しないもの
自分が生まなければ存在しないもの

だから自分を許そう
失敗したら「ごめんなさい」
ただそれだけでいい

愛とは

愛とは
自分の中の悪を認めるということ
愛とは
対にある自分を自分にとり戻すということ
愛とは
禁じられたそれを自分に許すということ
愛とは
憎しみや怒りをも貫通するということ
愛とは
違いという世界を旅するということ
愛とは
すべてを面白がり生きるということ

小さい私へのギフト

最近、ふと思い出したこと。
私が小学校の時、ひどい暴力を振るう先生がいた。
音楽の先生だったので、音楽の授業の前の休み時間はみんな緊張してトイレに行った。

友達が叩かれて殴られて、コントラバスが壊れた。
縦笛とピアニカが空を舞って、友達の口から血が出て……。
ああ、私も鉄琴のバチで頭を叩かれた。
今でも叩かれた部分は陥没している。

いつもそんなふうだったのだけれど、ある時先生の暴力がピタリと止まった。
一人の同級生が、親に相談して授業中のやり取りを録音、それを学校に提出したのだと後になって聞いた覚えがある。

あの頃の自分には、親に相談するなんていう選択肢はなかった。

学校に行かないという選択肢もなかった。

学校は世界、先生は絶対だった……。


そうか……。

だから私は、芭旺が「学校に行きたくない」と言った時、「よく言えたね」と言ったのだ。


いつだったか芭旺がこんなことを書いていた。

「休み明けに学校に行けない子供が増えるという記事を見た。僕は思った。『行けない』じゃなくて『行きたくない』だ」。

私は、私が小学生の頃、「学校へ行きたくない」なんて、そんなこととても言えなかった。
そんな選択肢があるなんて、思いもつかなかった
小さい私、怖がって縮こまっているあの時の私に、芭旺の言葉が響いて、そしてあたたかく緩んでほどけて、私は声を上げて泣いた。

もともと、芭旺の学校に行かないという選択は、「イヤなことはやめていいんだよ」「大切にしたいものを大切にしようよ、そして「助けを求めていいんだよ」ということを私に教えてくれているのだとは思っていた。

でもそこには、自分が思う以上の深いギフトがあったのだということに、今さらながら気づいたのだった。

くず
コウネ美容室
コウネ美容室

プロセス

大事なことは「助けて」と言える勇気
できないことを「できない」と言える潔さ
そして、人を頼れる強さやしなやかさ
負ける勇気
戦わない強さ

頼れる人や場は
自分の中のコンパスが指し示してくれる

「助けて」と言ってもいい
「できない」と言ってもいい
それはカッコ悪いことではなく
必要なプロセスなのだ

信頼トレーニング

子育ては一人ではは絶対にできないもの。

母親たちはこの時、子どもたちの信頼に応えるために、外の世界を恐れず疑わず、無条件に信じるという「信頼トレーニング」の時間をいただいているのだと思う。

助けてくれる人は家族、友達、ご近所さん、SNSの中にいるかもしれない。プロの方の力に頼ることもすばらしい選択の一つだ。そして実はそれは、枠を超えたさまざまなチームを創造するチャンスとなるのだ。


私は子育てにおいてたくさんの人を頼った。

夫、実の母親、実の姉、友人、義理の母親、義理の姉、ベビーシッターさん、託児所、家政婦さん。


信頼してお任せすること。

それができるようになった時、私の周りは信頼できる人ばかりになった。

そして、今の私はもちろん、過去の私までもがすっかり変わっていった。

きっと人はそうなった時にはじめて、「どうなったら幸せですか？」という自分への問いかけに答えて、それを自分で叶えていく第一歩が踏み出せるのだと思う。

赤子の大人

私は感じたまま動く
生まれたままの赤子の大人

むかしむかし
「論理的思考」という言葉に憧れて
ケヤキ通りにある小さな本屋で
本を買いあさった

あの頃の私は他の誰かになりたかった
ちゃんとした「大人」になりたかった

いまの私は思う
私はどうしたって
生まれたままの赤子の大人
わが子にそうしたように

もっともっと気づいてあげよう
もっとわかってあげよう

ゆっくりひとつずつ感じてあげよう
何を感じてもいいのだから

感じたままに動こう
どんな私も愛おしい私なのだから

小さなあなた

いつかどこかで味わったそれ
味わったその時の
小さなあなたが暴れている

気づいて
分かって
思い出して

いまでもあなたは小さいまま
大きな声を上げている

その声に気づいたら
誰かに言ってもらわずとも
あなたが言ってあげればいい

あなたは悪い子じゃないよ
もう自分を責めないでいいよ
もう大丈夫だよ

トラウマと才能

小学生低学年の時に、下宿していた医大生の部屋に泥棒が入った。

私は父親から疑われ、違うと言ったのに「お金を取ったのは弥生だ」と、私のせいになって終わった。


悲しかったのを覚えている。

怒りに震えたのを覚えている。


そのとき悲しみに打ちひしがれながら強く強く願った「私を疑わないで」という感情。

そのトラウマは長く私を苦しめた。49歳にもなって、ようやく私は父にその想いを伝えた。

「あの時は悲しかった」と。


そんな私に父は「悪かったなあ。でも、ああいう時は子どものせいにしないと仕方がないんだよ」と言った。

思考が止まって力が抜けた。
どんなことにでも泣く私なのに、涙すら出なかった。
電話を切った私はその場にへたり込み、天井を仰いだ。

私はそんなことのために40年近く囚われて生きてきたのか。

でも、考えてみれば私はあれからずっと、私を疑わずにいられるように生きてきた。
ひとつひとつ、自分の願いを自分で叶え続けてきた。
それがどんなに小さな願いであっても、丁寧に忠実にこだわってやり続けてこられたのは、父のおかげなのかもしれない。

その時の父の言動は些細なことでは済まされないし、許されるものではないけれど、あの時大きく動いた感情が、私の中で確実に才能の源泉となった。

そして、絶えず流れ続ける無意識に刻み込まれた愛の源泉、「私を信じて」という心の叫びは、父に向けられてはいたけれど、実は自分への言葉だったのだと気づく。
自分が自分を信じられていれば、そんな父の言葉を受け取って40年近くも握りしめ続けることはなかったのだ。

今、私は私を信じている。
もう大丈夫、私は気づいているのだから。

トラウマは才能に変えられる。
そして、トラウマが才能に変わったその時、心の叫びは感謝に変わる。

夢を叶えるヒト

母としてのわたしは
子どもたちの小さな夢を
ひとつひとつ叶えるヒトでありたかった

お腹が空いたと泣けば
おっぱいをさしだし

眠いとぐずれば
抱っこしてカラダをゆらす

オムツが気持ち悪ければ
オムツを替える

そんな小さな夢のすべてを
ただただ鵜呑みにして
それを叶えるヒトであり続けた

だってそれは十分に実現可能だし
それがやがて大きな夢へと
育っていくのだから

そしてそれは
自分の中にいるわたしという子どもも同じ

いまは辛くて悲しいかもしれないけれど
いまは涙が流れるかもしれないけれど
自分が自分の夢を大切にしてあげて
自分が自分という存在を大切にしてあげて
自分が自分を無条件に愛しぬく
かけがえのない「私」を愛しぬく
それができれば大丈夫

いま、わたしは
わたしという愛しい子どもの
小さな小さな夢のすべてを
ひとつひとつ
ただただ鵜呑みにして
それを叶えるヒトであり続ける

私の「好き」を思い出した日

私は小学生の頃から、自分の心の内側を文字にするのが好きだった。


小学3年生の時、私は心の内側を素直に書き綴った。

小学3年生、それは奇しくも芭旺が出版したのと同じ年。


「将来の夢」を書くように先生に言われて、友達はみんな
「お医者さんになりたい」

「お花屋さんになりたい」

「パイロットになりたい」

そんなことを書いていたように覚えている。


私はひとりこう書いた。

「野道の小花に何かを感じる様な女性になりたい」

その時の私は気づかなかったのだけれど、いま思えば、その先生は私にとってとてもすばらしい、数少ない理解者だったのだろう。

その言葉に心打たれたといって、参観日に私の夢を読み上げてくれた。

ところが、家に帰った私に、母はひと言だけ「とても恥ずかしかった」と言った。

鮮明に覚えているのは母の言葉だけで、その時私がどう感じたのか、どう考えたのか、悲しかったのか、寂しかったのか……そんなことはまったく覚えていない。

ただ、それからの私は自分を表現するのを辞めた。

そして、両親の望む人生を歩いた。

もちろん、気の強い私のことだから、ジタバタと反抗して夜遊びをしたりした時期もあったけれど、やはり最後は親の期待に応えるような「正解」を選んだ。

進学も就職も私の「やりたい」はことごとく反対され、結局は親の考える「安定」に落ち着く。交際相手もことごとく否定され、ある時は相手の家に電話をかけて、私との交際を止めるように言われたこともあった。

親が喜ぶ結婚をして、娘が生まれ芭旺が生まれ、離婚して再婚、そして死別。その間に芭旺が学校へ行かなくなった。

これが私の人生。

でも、小学3年生、私が心の内側を綴ったあの頃と同じ年齢になった芭旺が突然「本を書きたい」と言い、精力的に「執筆」している姿を見て……。彼の中から毎日途切れることなく湧き出てくる言葉たちを目の当たりにして。

その純粋で美しい心の内側の発露のすばらしさに、私の心は震えて止まらなかった。

芭旺が執筆をはじめたその時、私は私の「好き」を思い出した。

芭旺の文章に感嘆しながら過ごす日々は、小学3年生のあの頃の私に「素敵だよ。美しいよ」そう毎日伝えているようにも思えて、本当に幸せな時間だった。

ただただ嬉しくて、ただただ、ありがたかった。

きっと誰にとってもすべてのことが、いつでも大丈夫だし、いつからでも大丈夫なのだと思う。そして、それにどんな意味があるかなど関係ないし、そんなことはどうでもいいことなのだ。

芭旺が執筆をはじめたことで、私は「私の好き」を思い出した。そして、あの日があったからこそ、紆余曲折を経たいま、私はこうして心の内側を言葉にして、あなたに伝えることができている。

それにどんな意味があるのかなんて分からない。
でも私はそのことが、ただただ嬉しくて、ただただ、ありがたい。

すべての夢を叶える

私は「私の好き」を思い出してから
子どもたちにならい

好きな時に寝て
好きな時に起きて
お腹がすいたら
好きなものを好きなだけ食べ
行きたい時に
行きたい場所へ行き
遊びたい時に遊び
学びたい時に学んできた

そうしているうちに
私は私のやりたかったことを
すべて叶えている自分に気づいた

幼稚園時代の夢
小学校時代の夢
そしてやがては
今まで見てきたすべての夢を
叶えていくことになるのだろう

そう
私たちが「夢」として描いてきたものは
本当は夢なんかではなかったのだ

ただ、そのときにはまだ
面白がってくれる存在が側にいなかった
ただそれだけのことだった

夢は夢ではなく
すぐそばにある現実なのだ

子どもたちよ
やりたくない事をやめて
やりたい事を口に出せ
面白がってくれる大人たちに伝えるのだ

ただそれだけで
大人たちは面白がって
それはすぐそばにある現実なのだと
教えてくれるだろう

多くの人に認められるような
夢でなくてもいい
どんなに小さなものでも
もはや夢である必要もない
だってそれは現実なのだから

大人も子どもも
すべての夢を叶えて
もっと自分を、もっと人生を
楽しみ遊び尽くそうではないか

私に使える魔法

幼い頃、大好きな音があった。
母が奏でるミシンの音、そして織り機の音。

布が布と出会い、人の肌を美しく彩る洋服が生まれる瞬間。
私はその魔法のような瞬間を、楽しげな母の側で見ているのが好きだった。

小学何年生の時だったか、そんな私にある瞬間が訪れた。
それは、今自分が生きていて一番心踊る喜びへとつながっていく出来事であり、インスピレーションの種が芽吹いた瞬間だった。

自分の頭の中に「何か」が浮かび、徐々に明確になって、ある瞬間に2つの異なる生地が縫い合わされた輪郭がハッキリと見えたのだ。

自分で布を断ち、母が若かりし頃からずっと大切に使ってきたミシンで2枚の布を縫い合わせる。

すると、頭の中で思い描いたバックが、私の手からこの世に生み出された。


すごい！すごい！

なんということだろう！

出来上がったバックを見て私の心は踊った。

頭の中で思い描いていたものが、現実として目の前にあらわれるその魔法を、私は自分で使うことができたのだ。とにかく嬉しくて、そんな自分を誇らしく思った。


そのバックは世界に「調和」していた。

そのバックは存在することを世界から許可された。

自分の頭の中にある設計図を頼りに夢中になって作品を生み出す作業は、「調和」が形を成す、美しい瞬間の連続なのだ。

これこそが、私の表現の原点、私に使える魔法。

でも、年を重ね、多くのものを創作していく中で、私が作っているのは目に見える成果物ではないということが分かるようになった。

私が表現し、クリエイトしているのは「私」という作品なのだ。

そして今では、実は私は一番やりたかったことを、すでにやらせていただいてきたこと、そんな自分にも気づいている。

だから私は女性を選んでこの世に生まれた。

そう、子どもをこの世に生み出すという奇跡のような体験、そして、子どもを育てる中で自分を育てるという何よりも美しい創作活動を、私はずっと楽しんできた。

そしてそれを、「母親という名のクリエイター活動」と名づけもした。

こんな私を母親に選び、私のもとに生まれてきてくれた娘と芭旺、彼らが世界に「調和」

して自由に楽しむことができるように、私は私の人生をクリエイトしてきた。

ものづくりと同じように、子どもたちと才能の「調和」や子どもたちと私との化学反応を楽しんできた。

今では、子どもたちは自分の興味の赴くまま、好きなことに夢中になって、「知りたい」「学びたい」と思えば自分で調べたり直接出向いたりして、学ぶことを謳歌している。

彼らは、私のちっぽけな制限や枠を簡単に超えさせてくれた。

どこまでも広がる可能性を見せてくれた。

そして、そこから離れるきっかけや勇気までも、彼らはすべて用意してくれたのだ。

「やりたい」を叶える

朝起きて娘が居ないことに気づく
ＬＩＮＥを見て旅行に行ったことを知る
すばらしいなあと感動する

勝手？　とんでもない！

自分のやりたいことを
自分の頭で考えて
自分で決めて行動する

自分が自分の人生を楽しむのに
誰の許可もいらない！
自分で自分の「やりたい」を叶える
あなたは本当にすばらしい！

そして私は
そんなあなたでいてくれることが
すごく嬉しい！ ありがとう！

反抗期

反抗期とは自己の確立の芽生え
親を超えていくための大切な儀式

不幸な母親を
超えていくということ以上に
人生において難しい課題はないのかもしれない

かわいそうな母親を
見捨てるということ以上に
人生において難しい課題はないのかもしれない

親を超えて
大きく羽ばたこうとする子どもたちが
「優しさ」を捨てる決断をせざるをえないような
そんな悲しい事態に陥らずに済むように

親がまず幸せであれ
母は笑って生きていけ

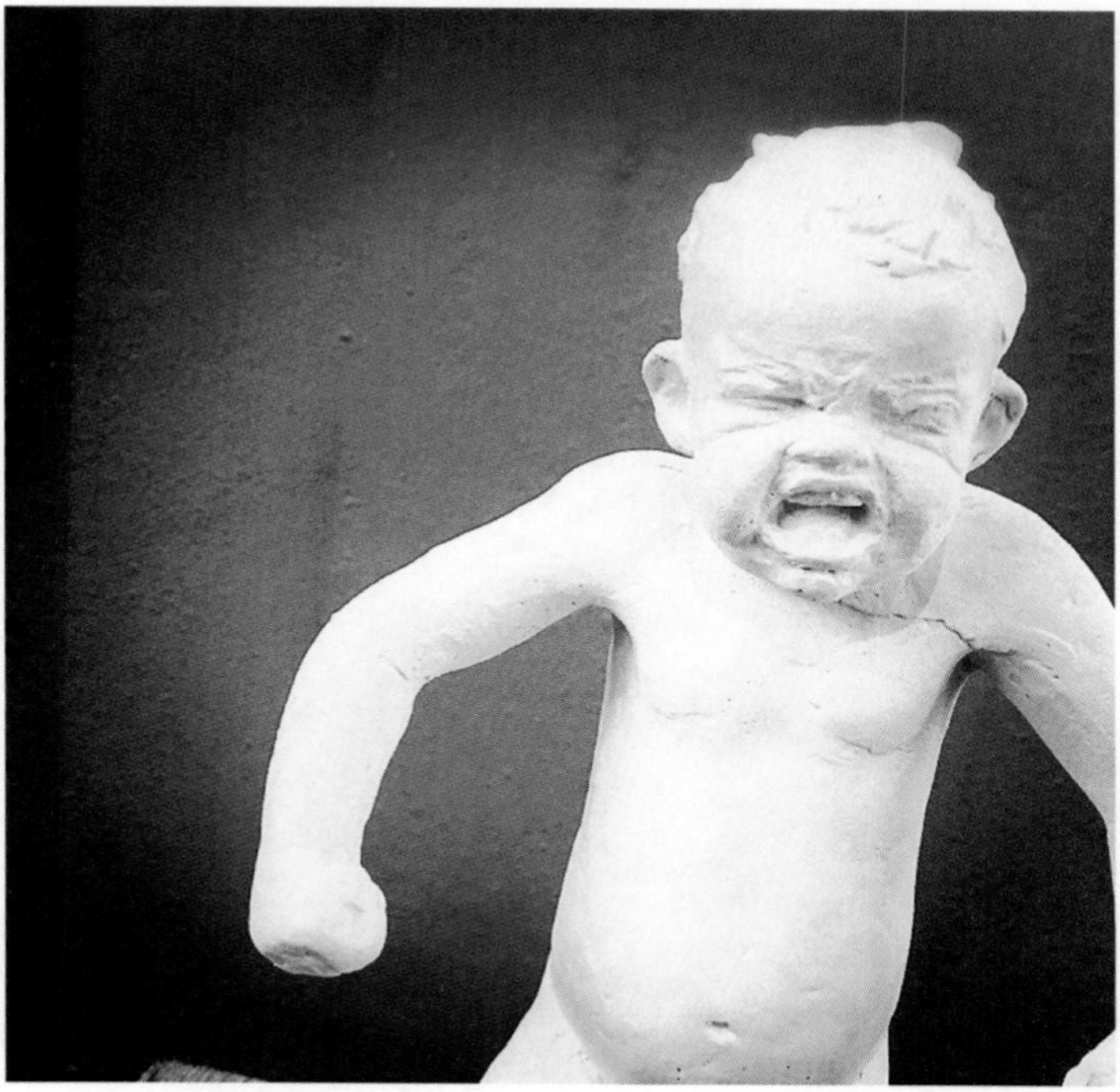

すべては成功体験

どんなことだって
体験するためにやるのだ
成功するためにやるのではない

だけど
体験は必ずできるものだから
成功してしまうのだ

失敗したと思うのは
ただの思い込みにすぎない
本当はこの世に失敗はない
すべては成功体験でしかない

経過を楽しむ

知り合いがマラソン大会に出場されると聞いて
芭旺が応援に行きたいと言った

調べてマラソンコースの堤防へ走った

でも、待てど暮らせど知り合いは現れず
芭旺はふてくされて帰りの駅へと向かった

私はその様子にイライラした

なんだって自分で決められるし
なんだって経過を楽しめば
成功体験に変えられるのに
あなたは諦めてふてくされて帰るの？

そういえば
私がイライラするポイントはいつもそこだった

ある時、娘がふてくされて
「この絵は大失敗だ」と言った

私は思った
いや、これは「あなたが今日描いた絵」という
唯一無二の作品なのだ

失敗なんてとんでもない！
これは今日しか、今しか描けない
そんなすばらしい大作だし
それを夢中で描いている時間は
かけがえのない宝物、成功体験そのものだ

経過を楽しむ
自分次第で全ては成功体験に変えられる

そして失敗だとふてくされるそれが
映画の中なら一番の名シーンなのだ

そうか、私が大切にしていること
私が人生において面白がるポイントは
そういうところだったのだ

息をするように無意識にやっていたことを
気づかせてくれるのはやっぱり子どもたちだった

信頼

どんなに大切な人であっても
他人の課題を背負うことなかれ

責任を取り過ぎることで
彼らの力を奪っているということに気づけ

責任を取り過ぎるということ
それは
「アナタには力がない」
優しい顔で
そんな暴言を突きつけるということ

大切に思うなら
責任が取れるのだろうかと心配するのではなく
かぎりない信頼を贈れ

信頼とは
何があっても大丈夫だと
大切なあなたを疑わないこと

そしてそれは同時に
わたし自身を疑わないということ

何があっても大丈夫

ある朝、芭旺が涙をぽろぽろ流しながら「今の僕が嫌だ」と言った。
何が嫌なのか尋ねると、「ただゲームをして、ただ動画をみる」、そんな自分が嫌なのだと。

私は自分の話をした。

「ママは今、ママの「ひらめき」を大切にして、その「ひらめき」をカタチにしている。
こんな芝生みたいな生地のワンピース、ママしか作らないでしょ？」

芭旺は黙って聞いている。

「ママは自分の頭の中の設計図をカタチにするのが好きなの。素敵な素材を見つけると、頭の中に「ワクワクの設計図」が出来上がる。それをカタチにするのが楽しくて仕方ないのよ。

だから、ママはその「ワクワクのひらめき」が生まれる日常を大切にしているの。好きなことだけして、お腹が空いた時に食事をし、寝たい時に寝る。そうしていると「ワクワクのひらめき」がたくさん生まれるの。

行きたい場所に行きたい時に行って、大好きな人たちと話しているとたくさん「ひらめき」がやってくる。だから誰がなんと言おうが、その自分を大切にしているの」。

芭旺の顔が晴れ渡ったのが見えた。


「そっか、僕は何が嫌なのか分かった。

ママが教えてくれたから自分のこの考えを否定しないで済んだ。いろんな『好き』があっていいんだって思った。そして、その『好き』は変わってもいい。

今、僕は生み出したい。提供されているものを受け取るだけじゃなく、提供する側になりたい。子どもだからとか関係なく、『今』やりたい」


「子どもを守る」なんて言っても、本当に、親にできることなんてこれっぽちのこと。

しかも本当は、このことを私に教えてくれたのは芭旺自身なのだ。

「やりたい」には遅いも早いもなく、何歳からやってもいい。

きっとこの先も、傷ついたりつまずいたりすることはあるのだろうけれど、何があっても大丈夫。それを繰り返し学べる「今」をたくさん経験していこう。

そして、こんなにも純粋に「自分を生きよう」「自分を活かそう」としている芭旺を見て思った。

あなたはあなたのやりたいことを
あなたはあなたのやりたいように
これからも悩み、自分ととことん対話して
思う存分楽しんで生きていけばいい。

私も私のままで、思う存分笑って生きていこう。

「うふっ」と嬉しい

安心して放っておける母
ああ、うちのママね
きっとどこかで楽しんでるでしょ
放っておいて大丈夫

そんな母に私はなりたい

今年の母の日は、
私にとって
「うふっ」と嬉しい母の日だった

娘は幼稚園の頃から
母の日、クリスマス、お誕生日、記念日……
かならず私に贈り物をくれた

今年の母の日
初めて贈り物がなかった

もちろん
もらっていたときも嬉しかったのだけれど
でも、なにももらえない母の日
なんだか「うふっ」と嬉しかった

安心して放っておける
私もようやく
そんな母になれたのかもしれない

愛と調和のメッセージ

母親である私を、自由にしてくれた存在。

そう、子どもこそ、大人に学びをもたらす、師であり、経験や思い込み、常識などで武装してしまった大人の鎧を剥がし、自由なインスピレーションとそこから生み出す世界を体感させてくれる、美しく自由な存在なのだ。

子どものため、誰かのため、ましてや地位や名誉なんていう成果物のために生きるのではなく、自分自身が最高に輝く、自分を活かせる場所で生きること。

自分のために自分を愛して生きること。

その行動、その在り方こそが、私が愛する子どもたちにこれからも贈り続けることのできる愛と調和のメッセージ。

私たちは生まれてきただけで、世界から愛されている。そして、今ここに在るだけで、「調和」した存在であり世界に貢献している。

それこそが、人が行う最大のクリエイションであり、そこにこそ、子どもたちが健やかに育つ愛と調和に満ちた自由な世界が存在すると、私は信じている。

「個」の加速

これから先
ますます「個」が加速していく
「思いやり」というような
傲慢な言葉はこの世から消えるだろう

それは冷酷ということではなく
互いの尊重
違いの尊重

「個」となった人間にあるのは
強い弱いではない
そこにあるのは自分への信頼貯金
自分が自分を信頼できるかどうか
自分の言葉を信頼できるかどうか

わたしが世界を

わたしは怒るし
わたしは泣く

それは
わたしが世界をあきらめていないから
わたしが世界を信頼できているから

だからわたしは怒るし
だからわたしは泣く

怒っていいんだよ
泣いていいんだよ

プロデューサー

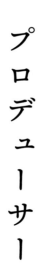

これからは、大人も子どもも
何を好きになって
何を楽しんで
何を生み出すのか
そして、そんな自分に夢中になること
それこそが一番大切なことに変わる

楽しみが楽しみを生んで
ワクワクがワクワクを生む
好きなことをどんどんやって
自分で自分の人生をプロデュースする
自分が自分の人生のプロデューサーなのだから

概念革命

これまでの世界を作っていたコトバが
これまでの世界を作っていたシゴトが
どんどんなくなって

今まで必死になって作ってきた
これまでの世界そのもの
これまでの概念そのものが
消えてなくなってしまう
そんな日がもうすぐやって来る

勝ちとか負けとか
上とか下とか
男とか女とか
大人とか子どもとか
そんな言葉すら必要ない世界

地や血の鎖から解き放たれ
自分にくつろぎ生きる
そんな人たちがつながって愛を奏でる世界

人は地球とのパートナーシップを思い出し
人は人とのパートナーシップを思い出す

大地も自分を思い出し
緑は風にそよぎ、花は咲き、豊かに実り
鳥は歌い、動物たちは笑う

私たちが望めば
そんな世界はすぐそこに実現する

そんな新しい世界で
真新しい概念のもとで

愚かさや豊かさが同居する
愛おしい人間という存在を多面的に感じながら
存分に人間を面白がり
心赴くままに人間を、人生を遊びたい

「今」という時代を生きる

「将来どんな職業につきたいですか？」
「将来何をしたいですか？」

繰り返されるこのタイプの質問に、芭旺は一貫して「今を生きる」そして「中島芭旺」と答えていた。

そして、「今まで会った方の中で一番スゴいなあと思った人は誰ですか？」という質問には「一番という意味が分かりません。みんなそれぞれ一番です」と。

いつだったか、芭旺がTwitterに「大人達は老いていく。そして僕たちは大人達が想像もつかないような未来を生きて行く」と書いていた。

本当にそのとおりだ。３Ｄプリンターで家ができる時代、無人で車を動かせる時代、今ある職業がいつまであるのかなんて、誰にも分からない。どんな世界がやってくるのかなんて、誰にも想像がつかない。

そんなどうなるか分からない未来を生きていく子どもたちに、将来の夢を聞いても分かるはずがないし、聞く意味もない。

そして、実はそれは私たち大人だって同じこと。

今や、約束された安定なんてどこにもない。もはや、ステレオタイプの夢や成功を求めるなんてナンセンスなのだ。

そもそも、いつから将来の夢が職業に限定されるようになったのか。必要なのは有望な未来予想などではなく、自分の中から生まれる情熱なのだ。

そして、その情熱の継続こそが才能開花へのたしかな道。「情熱の赴くまま今を最高に楽しむ」ということで自分の人生を自分でプロデュースする、まったく新しい時代を、私たちはまさに今、始めようとしているのだから。

これまでの長い歴史の中で、多くの大人たちが試行錯誤して意味づけを行い、人類の幸福な生存のために多くの概念が生まれ、その中で私たちは生きてきた。

それはきっと、時に欲望という仮面をかぶりながらも、後を生きる子どもたちがよりよく生きられるようにという愛のもと、発展してきたものなのだろう。

でも、私たちはいま、既成概念というその枠から飛び出す。

その鎖を引きちぎり革命を起こすという壮大なるシナリオを、私は軽やかに生きる。

「今」という同じ時代を共有する、そう、あなたとともに！

「ありがとう」の中で生きる

あとがきに代えて

将来の夢を問われて
「野道の小花に何かを感じる様な女性になりたい」
そんなふうに純粋な想いを言葉にしていた
小学3年生の私。

それなのに
あんなに大好きだった

言葉で表現することを辞めてしまった
あの頃の私に伝えたい。

大丈夫

あなたはちゃんと自分を取り戻せる
そして、あなたは本を書く人になるよ

泣いていいよ
怒っていいよ
失敗していいよ

どうしても前に進めないなら
立ち止まったっていいんだよ
生きていてくれてありがとう

私を諦めないでくれてありがとう

尽きることのない罪悪感に苛まれながら
苦しくて悲しくて寂しくて
なにもかもが怖くて……

そんな時間を過ごしてきた私に伝えたい

そのすべてはあなたの宝になるよ
そして、あなたは夢をかなえるよ

1日だけ生きる

今だけ生きる
ただただ、それを繰り返して

50歳になった私は
野道の小花にこの世界の最上の豊かさを
感じる女性になりました。

生きていてくれてありがとう。

私を諦めないで
ここまで連れてきてくれて
本当にほんとうにありがとう。

私は何もできない。

そんな自分を認めて、罪悪感もすっかり手放して、今は「ありがとう」の中で安心して生きている。


気づいたら、好きなことしかやっていない。


やりたいことしかやらなくなったら、もともと苦手だった電車にますます乗れなくなった。

すると、娘はどこに行くにも自分で考えて行くようになった。

息子の芭旺は、ひとりで飛行機に乗って、幼稚園の同窓会へ行く人になった。


ますます家事をやらなくなった。

すると、子どもたちが料理上手なった。

娘は出汁を引くのが抜群にうまい、違いの分かる女性に育った。


これまでの概念に囚われずに言葉を紡ぐことに夢中になった。

すると、芭旺は4年間も夢中になってきたゲームをあっさりと手放して「受験勉強」に夢中になり、周りの大人たちに合格は難しいと言われた高校への合格の切符を自ら手に入れた。


今の私がやっているのは『感度の良いアンテナ』であることのみ。

地球というジャングルの中でアンテナを立てて、いろいろな世界をキャッチしながら面白がって生きる。

それだけが、息をするように自然に私にできることなのだ。


最近では、その言葉にできない『私』というアンテナがキャッチする様々を、面白がってくださる方たちにも恵まれるようになった。

そのおかげで、ずっと夢見てきた本を書くこともできた。

本書をかたちにしてくださったきれい・ねっとの山内尚子さんには、本当に感謝している。束縛の一切ない本創りは、自由とは責任に集中できるということなのだということをあらためて体感する、とても豊かな時間となった。

どんどん夢を叶えていく愛する子どもたち、ともにかけがえのない時間を共有してくれたパートナーや友たち、そして、ワガママに今を生きる私自身に心から「ありがとう」を伝えたい。

最後に、本書をお読みくださったあなたに、あふれんばかりの愛と感謝、そして心からの喝采を送って、この壮大なるシナリオの一幕を閉じさせていただきたいと思う。

岩切弥生

2021年2月3日

【著者プロフィール】

岩切弥生（いわきり やよい）―――― artist

アパレルや小物のデザイン、プロデュース、スタイリスト業を行う傍ら、セルフマザリングコーチとして母親支援活動にも力を注いでおり、日本だけにとどまらず各地でトークショーや講演活動を行っている。二度の離婚を経た二児のシングルマザー。
息子は『見てる、知ってる、考えてる』（サンマーク出版）を10歳で著し、世界７カ国で出版され世界的ベストセラー作家となった中島芭旺。

Yayoiオフィシャルブログ「概念革命」 https://ameblo.jp/iwakiri-yayoi/

概念革命

2021年3月8日　初版発行

著者　岩切弥生

発行人　山内尚子

発行　株式会社 きれい・ねっと
〒670-0904　兵庫県姫路市塩町91
TEL：079-285-2215 / FAX：079-222-3866
http://kilei.net

発売元　株式会社 星雲社（共同出版社・流通責任出版社）
〒112-0005　東京都文京区水道1-3-30
TEL：03-3868-3275 / FAX：03-3868-6588

装丁　小林昌子

ISBN 978-4-434-28753-4

この星の 未来を創る 一冊を
きれい・ねっと